黄波戸井ショウリ
SHORI KIWADOI
【イラスト】アサヒナヒカゲ
早乙女さんは高校生
月50万もらっても
生き甲斐のない
隣のお姉さんに
30万で雇われて
おかえり
って言う
お仕事が楽しい
3
IT'S MY WORK THAT
I SAY TO HER, "OKAERI"

私に雇われていることは、
彼にとって
本当に幸せなんだろうか。
「そんなこと考えても
仕方ない、けど」
場の空気に
当てられたのだろうか、
頭がぐるぐるする。
なんか、視界が、
おかしい、ような。

間違いなく
日本一と思えるものが
福岡《ここ》にはある。
「飯がうまいんです」

月50万もらっても生き甲斐のない隣のお姉さんに30万で雇われて「おかえり」って言うお仕事が楽しい 3

黄波戸井ショウリ

OVERLAP

CONTENTS

3

おかえり

［イラスト］アサヒナヒカゲ

HIKAGE ASAHINA

プロローグ『早乙女さんたちを祝いたい』

おかえり

「人はどこから来てどこへ行くのか。それをひたすら考えてたわ。忘れようとしてもスマホが勝手に教えてくるから」

右はミオさんからの回答である。

「大学で同期二人がお祝いしてくれました。ただ卒論の進捗がよくないメンバーもいてそのまま手伝いを……み、ミオさん？　なぜ打ちひしがれるような顔を？」

右は村崎《むらさき》からの回答である。

質問の内容は、そう。

去年の誕生日は何をして過ごしましたか、である。

「村崎、お前も一年経《た》てばきっと分かる」

「五年経ったらもっと分かるんやろうな……」

社会人になってからの一年は本当に早い。ついこの間まで学生だったような気でいたら、後輩が『去年はまだ大学生でした』と言い出すのだ。だいぶ心にくるものがあるのは否定できないし、そのダメージは年々増していくものだとすれば、ミオさんの痛みはさらに大きいことだろう。

「……さて、ふとした世間話が思わぬ空気になったが、改めて」

そんな空気を切り替えるべく、俺は手に持った紙製の円錐《えんすい》を頭上に掲げた。

「ミオさん！」

「村崎！」

「誕生日おめでとう‼」

クラッカーから甲高い音とともに飛び出した紙リボンが宙を舞う。上にみっちりとイチゴを載せたケーキと料理が並ぶテーブルがさらに華やいだ。

今日は十二月七日、曜日は土曜。ミオさんの家にて、ミオさんと村崎の誕生日パーティが開かれていた。

「まさか一日違いとはな」

ミオさんの誕生日が今日、十二月七日。そして村崎の誕生日が明日の十二月八日だと判明した時はなかなか驚かされたが。こうしていっしょに誕生日を祝えるということで本人たちは喜んでいるからよしとしよう。

「運命ですから」

「微妙にズレた運命だな」

「う、閏年《うるうどし》のぶんです」

たしかにミオさんと村崎の年齢差だと閏年が一回挟まる。その分を引き忘れるとは運命

の女神様はうっかり屋らしい。

「さて村崎、宴《うたげ》も始まったところでコレや」

「土屋《つちや》先輩、これは？」

「儀礼アイテム。こういうのは形が大事とぞ。主役がこれをつけんと始まらんから、さあ装着せえ」

おごそかに取り出したるは、プラスチックの塊。メガネに鼻とヒゲがついた、そう。鼻メガネである。

「土屋先輩、失礼ながら一点お尋ねしてよろしいでしょうか」

「質問の仕方が板についてきとるな。どうした」

「私のことを、率直に言ってバカだと思われている節がありませんか？」

ちょっと怒ってる。珍しい。

「村崎」

「はい」

「五分五分で騙《だま》されるかなーと思っとった」

村崎は相変わらず表情が薄い。薄いが、それでもちょっと反撃を考えているのがよく分かった。

「松友《まつとも》先輩」

「どうした？」

「ケーキ、土屋先輩にはイチゴの載ってないところでいいです」

「そら無理やろ村崎」

後輩からのせっかくの提案だから呑《の》んでやりたいのは山々だが、テーブルの真ん中にあるケーキは上面にみっしりイチゴの載っているタイプ。よってこう対応せざるを得ない。

俺は土屋にまっしろい皿を差し出した。

「ほら土屋、虚無だ」

「虚無」

虚無である。ミオさんも意味深げに頷《うなず》いている。

「哲学ね。存在と虚無こそ究極命題と位置づける学者もいるそうだけれど……」

「存在だけ食わせてください」

「人はパンのみで生きるにあらずってキリストも言ってましたよ先輩」

「ごめんて」

土屋と村崎がそんな会話をしている一方で、俺は気づいた。ミオさんが哲学の話をしながらも、視線はテーブルの片隅に向いていることに。

「ねえ松友さん」

「なんですかミオさん」

「人にはそれぞれペルソナというものがあるそうなの」

「ペルソナという単語は聞いたことがありますね」

心理学に曰《いわ》く、人は誰しも本来の自分のままに生きてはおらず、社会に適応して生きるための仮面をかぶっているという。その仮面をペルソナと呼ぶ。

「今風に『キャラクター』とも言えるわね。その人をその人たらしめるキャラがあって、皆それに従って生きているのよ」

「深いですね」

「『イド』と『エゴ』とも呼ばれる概念ね。さらに『スーパーエゴ』という外皮をまとった存在が私たちなのよ。でも時にはペルソナに囚《とら》われないのも必要なことよね」

つまりミオさんが何を言いたいか。それを考えるに至った俺が得た結論は。

「鼻メガネ、キャラじゃないと思ってもつけてみたいんですね」

「ぺ、ペルソナの付け替え、みたいな……」

「仮面といえば仮面だと思います」

おそらく人を人たらしめるペルソナを物理的に上書き云々《うんぬん》、エゴを解き放つ必要性云々を経て帰結する予定だったに違いない。

それを待ってもよかったのだが、たったひとつ問題があった。

「長引くと料理が冷めるので……」

「あったかいうちに食べるのは大事よね」

「大事ですよね」

人間、やってみたいと思っても自分がやって滑らないか気になる生き物なのである。

「というわけで、どうぞ」

「つけた」

「早い」

早い。まったく迷いのない行動に、最初に気がついたのはやはり土屋。

「……………よかですね！」

返答に窮して手元のビールに手を伸ばした。日和《ひよ》ったな九州男児。

遅れること二秒、最後に事態に気づいたのは社会人一年生の村崎きらん。

「お似合いです！」

「ありがとうきらんちゃん。でも違うの、そうじゃないの」

「似合ってません！」

「村崎」

「なんですか松友先輩」

「ここは黙って笑うのが模範解答だ」

「はい」

「よし、やってみろ」

「もうやってます」

「……努力は認める」

怖い。無表情に見えるけど、言われてみればうっすら口角が上がってる。

思い切ってボケたところにこの反応が来たらミオさんじゃなくても心がボッキリいくだろう。

「マリトッツォ、梅水晶、冷や汁……」

ミオさんが視線に耐えかねて最近美味《おい》しかったものを呟《つぶや》き始めた。これ以上続ければ死人が出かねないと判断し、俺はイチゴ二十四個中の十個が載ったカットを急ぎ皿に載っけて差し出した。

「ケーキ、食べましょうか！」

「マッツー、お前の感想はどげんした」

「くっ」

土屋め、無駄に目ざとい。

やむを得ずミオさんと相対して返答を考える。発想力だ。こういうのはキーワードを抽出して連想ゲーム形式で組み立てていけばどうにかなると、いつかどこかで読んだ記憶がある。

メガネをかけたミオさんとその周囲からキーワードを拾い上げ、そこから連想される言葉を並べてゆく。

パーティ、メガネ、冬、クリスマス、年末、帰省、地元、福岡、福岡タワー、デートスポット、プロポーズ、結婚、子供、反抗期、家出……。

「非行、家庭崩壊、離婚、裁判、慰謝料……」

「どげんした、どげんしたんやマッツー。お前の中で何があった」

「……あれ？」

連想していく過程で何かが繫《つな》がるような感覚があったのだが、何か違う方向に行ってしまった気がする。

「ケーキ、ケーキ食べようケーキ。人は争わずには生きられないけれど、ケーキを食べている時だけは怒ったり泣いたりしないのよ」

ミオさんが何か深いことを言っている。

「俺という人間の無力を、こんなにも痛感したのはいつ以来か分かりません」

自分のぶんも取り分け、行き渡ったところで改めてパーティを再開する。今日は二人の誕生日、紛《まご》うことなきハレの日なのだ。全員笑って過ごせるならそれに越したことはない。

ミオさんも滑ったショックから立ち直ろうと努力している。

「マリトッツォ、梅水晶、冷や汁、ショートケーキ……」

美味しかったものにケーキが追加された。何よりだ。

「時にマッツー、梅水晶ってなんや……？」

「東北の郷土料理だな」

梅水晶。名前の通り、赤い梅和《あ》えに水晶が混ざったようにも見える美しい料理である。

「宮城県あたりで生まれた珍味で、サメの軟骨を梅肉で和えたやつだ。この前作った」

「冷や汁は？」

「東北の郷土料理だな」

冷や汁。名前の通り冷たい汁物で、野菜や乾物を使った庶民的な料理である。

「山形県あたりの家庭料理で、乾物の出汁汁《だしじる》を冷ましてから季節の野菜にぶっかけて食べるんだ。この前作った」

「マリトッツォは？」

「東北の郷土料理だな」

「ダウト」

さすがにバレた。パンにホイップクリームやドライフルーツを挟んだ洋菓子である。

「てか、なして東北縛り」

「夕食の献立に変化をつけようと思って」

「近畿縛りの時は毎日が味噌《みそ》味で濃厚だったわよね」

自炊の民なら一度くらいは試すであろう、「献立のレパートリーも尽きてきたし地方縛りでもやってみるか」というやつである。

「やるんか……？」

「やらないか？」

「少なくともオレはやっとる奴《やつ》を他に知らん。高度すぎる」

「村崎《むらさき》は？」

「メロンパンでしたら……」

「東北のメロンパン縛りと近畿のメロンパン縛りって言いたいんだな。違いがあるのか知らないけど」

「自炊でそこまでハイレベルなことはやったことがありません」

やらないらしい。なんてこった。

ショックを受ける俺の斜向《はすむ》かいでは、土屋が虚無の載った皿をじっと見つめている。

「ところでマッツー、オレほんとに虚無食うん……？」

「冗談だよ。今切ってやるから」

ケーキをつつきつつ、話題は次第にこの時期に定番の方向へと向かってゆく。

「ケーキといえばですけんど、早乙女《さおとめ》さん」

「どうしたの土屋《つちや》さん」

「クリスマスのご予定は？」

刹那。

その場にいる全員のケーキを食べる手が止まった。普段は恋人の有無をさほど気にしない人でも、この時期だけはちょっと焦りを感じる。そんな季節が目前であることを思い出したことで場の空気がガラリと変わった。

「クリスマス、ね」

いや、全員ではなかった。意外にもと言っては失礼かもしれないが、一人だけ動じていない人がいる。

この家の主、ミオさんである。

「二十四日も二十五日も平日。だから仕事」

「あ、はい」

「クリスマスは平日。クリスマスは平日」

「奇遇ですね！　オレもです！」

こんな毅然《きぜん》としたミオさんを、俺は外でしか見たことがない。夏に裕夏《ゆうか》が突然やってきて、なんやかやの末に弁護士の城鐘《しろがね》さんに協力してもらってお膳立てした、あの融資契約の時以来かもしれない。心なしか歴戦の風格すら漂っている。

「またケーキを用意しておきますね」

「お願いするわ」

このこなれ感。たぶん同じ問答を過去にも誰かと、あるいは自問自答してきたに違いない。あまり深堀りしてもいいことは無さそうなので、俺はテーブルの下から新しい話題のネタを取り出した。

「そろそろゲームでもしようか！」

この面子《メンツ》は基本的にテレビゲームはあまりしない。土屋はいくらか嗜《たしな》むようだがミオさんと村崎はからきしだ。

なので俺たちにとってゲームとはもっぱらテーブルゲームになる、のだが。

「ウノですね」

真っ先に食いついた村崎を手で制し、俺が取り出したのはカードではなく。

木のお椀《わん》のちょっと上等なやつである。

「いや、この前土屋と話してた時、たまには趣向を変えてみようって話になってな」

ウノだときっとまた朝までぶっ続けになる。村崎が勝つまでやろうという話になって毎回同じような結果になるのだ。誕生日の思い出が九割ウノというのも、なかなか個性的で楽しそうではあるけれども。ウノをやるたびに朝日の色を思い出すのはあまり健康にもよくないので、俺と土屋は考えた。

『村崎も含めて全員が早々に勝てるであろうゲーム』をじっくりと考えた。

全員が一回勝ったらやめようルールでも夜のうちに解散できるものを探し求めた。

ウノのように戦略性を問われるものはアウト。神経衰弱など記憶力を競うタイプもどう転ぶか分からない。ワニの口に指を突っ込んで挟まれたら負けという例のゲームは期待できるが、大の大人が四人集まってワニをつつくのも何か違う気がする。

大人らしいけど分かりやすい、駆け引きはないけどスリルのある、そんなゲームが必要だ。そうして俺と土屋がたどり着いた究極の結論は。

「本日壺《つぼ》を振りまする。以後面体お見知りおかれまして向後《きょうこう》万端よろしくお願い申し上げます」

前口上を済ませて俺はお椀とサイコロを手にとった。二つのサイをお椀に放り込み、そのままテーブルへと素早く伏せた。

「さあピンゾロにて入ります。入りますす入ります。入りましたさあさあさあ！」

「丁や！」

「半方ないか！　半方ないか！」

「半！」

「半です！」

サイコロを二個振り、その和が偶数か奇数かを当てるゲーム。

日本の伝統遊戯、丁半である。皆の顔がどことなく濃くなってきた気がするのはなぜだろう。

「これなら誰がやっても五分と五分。イカサマは絶対に見逃しません」

「これやったら時間通りに終われるやろな。多分」

「ああ、二回に一回は勝てるわけだからな。多分」

「それで松友《まつとも》さん、出目は？」

勝負。

「……二、四の丁。土屋の総取りです」

「よっしゃ」

「ぐぬぬ」

「ぐぬぬ」

さすがに確率のみに支配されるゲーム。十戦ほどして土屋とミオさんの勝率は綺麗《きれい》に五分五分になっている。チップの数でミオさんが勝っているのは数学力の差か。

「……村崎、がんばれ？」

「松友先輩、丁半は盆茣蓙《ぼんござ》とも呼ばれ、特に賭博の手段として古来より日本で楽しまれていたゲームです」

「どうした急に」

当たり前だが今回は金銭は賭けていない。それでも鉄火場は鉄火場。ひりついた空気はりあいだ。

勝負師としての己のプライドと、あと景品のチョコプレートを巡る意地と意地のぶつかり合いが、次第に早乙女宅を張り詰めさせてゆく。

「先輩。このシンプルなゲームが愛され続けた理由は『絶対的に運で勝敗が決まる』というゲーム性にあると考えます。そして丁半やルーレット、宝くじなど運だけで勝敗の決まるゲームに勝率を上げる手段は存在しません」

「そうだな」

「そこに『がんばれ』と言われますと、勝率を上げるためにがんばれることは『イカサマ』以外に無いのではないかと思うのですが……」

「一理ある」

「ありがとうございます」

「なるほど全くもってその通りだ。よし回転数を上げて試行回数を増やそう」

ちなみにチップはそうめん引換券だ。集めたぶんだけ帰りに物置部屋から持っていけることになっている。夏からいろんなメニューで食べ続けているけど未《いま》だに全部食べきれないので、土屋と村崎には特にがんばってもらいたい。

がんばってもらいたい、のだが。

「十連敗は本当に運なのか村崎」

「たまに勝っています」

「区切りごとに集計するとなぜかお前が毎回ビリなんだ……」

「少なくとも私は何もしていません」

何もしていないなら仕方ない。サイコロをお椀に放り込みつつ、俺は先の話題を反芻《はんすう》する。

今後の予定について、だ。

クリスマスはきっとどうにかなる。問題はむしろその後。

ミオさんに悪魔召喚の儀をしなくてすむ、充実した年始を迎えてもらうための手段を考えなくてはならない。

「……どうしたものかな」

そうして考えること、十四時間と十七分後。

ねぼすけな冬の朝日が昇るのを眺めながら、俺は年末に思いを馳《は》せる。隣ではミオさんが同じ朝日の光を見つめながら、「おめでとうきらんちゃん、おめでとう」と小さな声で呟《つぶや》いている。

「土屋」

「ああ」

「丁半よりも運ゲーなのってなんだろう」

「ジャンケンやない?」

「次はジャンケン大会でもいいかもしれないな……」

　ようやく村崎がチップを増やしたところでゲームを終え、誕生日を置き去りにした誕生パーティは幕を閉じたのであった。

第1話『早乙女さんは高校生』おかえり

「大丈夫ですか？」

頭がぼーっとする。視界も怪しい。本当に来なければよかった。

ガラス張りの巨大なタワーを少しだけ見上げて、てっぺんまで届く前に目を伏せる。

クラスメイトたちはそれぞれグループを作って福岡観光を楽しんでいるみたいだけれど、私は気づけば、いや、むしろいつもどおり一人になっていた。

しかも寒空の下をあてどなく歩いたからだろうか。なんだか体調も悪くなってきて、動く気分でもなくなって座り込んでいたら声をかけられた。思わず身構えても逃げ出さずに済んだのは声のせいだろう。まだ高い、変声期前の男の子の声。

「あの、平気ですか？」

顔を上げると小学校高学年らしい、五年生か六年生くらいのリュックを背負った黒髪の少年が私の前で足を止めてくれていた。私の様子を窺《うかが》うようにじっと見つめている。

「あの、救急車とか呼びますか？　もし持病があるなら伝えます」

対応がしっかりしすぎててすごい。何この子。

「だ、大丈夫！　平気だから！」

「でも顔色が悪いような」

「今朝、納豆を食べなかったからだと思う！」

「納豆」

「ね、ネギ入れるタイプ？　おいしいよね」

「ネギはあんまり好きじゃなくて」

「そっか、あの、あば、ごめんね？」

　お友達がいなくて一人でフラフラしてたら気分が悪くなりました、とは年下の男の子にはちょっと言えない。

　だとしても一体何を聞いているんだろう、私は。

「お姉さん制服ですけど、この辺の人ですか？」

「ううん、ちょっと学校行事で福岡に来たんだけどね。歩いてたら立ちくらみしちゃって。本当にそれだけだから。納豆食べないとダメだね」

「納豆って立ちくらみにも効くんですか」

「大豆はだいたい何にでも効く、と思う」

「大豆ってすごいんですね……！」

　どうしよう、しっかりしてるけど純朴だ。これ以上話していると要らぬ知識を植え付けて汚してしまいそうで怖い。

「もう大丈夫だから、声かけてくれてありがとう。じゃあ」

「転んだりしたら危ないですよ。お友達に迎えに来てもらった方がいいんじゃないですか？」

「あば」

「あば？」

痛いところをついてくる。呼べるお友達がいませんと素直に言うべきか。

「ケータイ、持ってないんだ！」

言えなかった。本当は持ってるけど家電の番号しか入っていない。

「そうですか……。時間は大丈夫ですか？」

「それは大丈夫。ぜんぜんばりばり余ってる」

「じゃあもう少し休んで、それから駅まで送ります。心配なので」

「優しすぎて泣きそう」

「はい？」

「なんでもない、なんでもないの」

「やっぱりどこか悪いんじゃ」

久々に人のぬくもりに触れた気がして涙が出そうになったのをこらえる。これでいきなり泣き出したら完全に変な女だ。こんな立派な子供の冬の思い出に、青い顔で道端で座り込んで急に泣き出す不審者なんか絶対に刻みつけたくない。いっそ現時点で記憶から消去してほしい。

「そうか、記憶消去……！」

人間の記憶は時間と繰り返しの回数で強くなる、という研究がある。すぐに消える短期記憶のうち、長く繰り返し刻まれたものが長期記憶として保存されるのだとか。

ならば。今すぐ別れてもう会わないのが、この子の脳内から私の記憶を消去するための一番の早道に違いない。

「気持ちは嬉《うれ》しいけど、君も何か用事があって来たんでしょ？　今すぐ私と別れてそれを成し遂げよう。そして全て忘れて未来を生きよう」

「用事は何もないので大丈夫です」

「そんな無理しないで」

「いえ、本当にノープランです」

「福岡の人って、用事がなくても福岡タワー来るの……？」

意外な事実に思わず視線を空へ移す。

そう、今私と彼がいるのは福岡市のランドマーク。高さ二百三十四メートルのガラス張り三角柱。

福岡タワーのふもとから、私たちは青い塔を二人して見上げていた。

海からの風は幸いにして穏やかな日だ。周りを見渡せば金色屋根のドームが存在感を放ち、近隣施設も年末の賑《にぎ》わいを見せている。

「それはその、普通は来ないですね……」

「じゃあ君はどうして？」

「……出」

よく聞こえなかった。今までハキハキ喋《しゃべ》ってた子が急に口ごもったような。

思わず聞き返してみて、私はちょっと後悔した。

「え？」

「家出です」

「ご家庭の問題か――――」

他所様《よそさま》の家庭問題。高校生の若造には絶対に手に余るやつだけど、聞いてしまってスルーもどうかと思うので聞き返す。

「えっと、親御さんと喧嘩《けんか》とか？」

「親……。まあ、そんなところです。ちょっとうち貧乏でして、お金がかかる年末の時期にはいろいろままならないことも多くて」

「そこまで理解した上で家出するんだからよっぽどなんだね……」

「どうにもならないとしても、不満を意思表示することは大事です」

私が小学校の、この子くらいの頃ってどんなんだったっけ。あーちゃんやみかちゃんと別々になっちゃったのが四年生だから、その二年後。

「レベルが違いすぎる……」

「海沿いに自転車でずーっと走っていたら、いつの間にかここに」

「ずっとってどのくらい？」

「三時間くらいですかね」

「寒い時に大変だね」

「お金がなくて電車も乗れないので、少しでも遠くに行くにはこうするしか」

どうやら、お互いに行く当てもなく時間を持て余している者同士だったらしい。

「……福岡タワー、のぼる？　いっしょに展望台に行ってみようか。入場料なら私が出すよ？」

「ダメです」

やはり頭が霞《かす》んでいたのだと思う。普段の私なら絶対しないようなお誘いをして。

ばっさり断られた。

「あ、ごめんね、困るよね、ごめんね、ごめん通報しないで」

「通報するなら一一〇番じゃなくて一一九番ですよ……。顔色が悪くなってます」

「え、そんなに……？」

「それに、知らない人からいきなり高いチケットなんてもらえません」

「そ、そっか……」

やっとやることができたと思ったらこのざまだ。本当にどうしようもない。

仕方ないから帰ろうかと、そう言いかけたところで彼が先に身を乗り出した。

「……あの、明日も来れますか？　明日でいいなら僕もちゃんとお金を持ってきます！

そのくらいは……たぶん、なんとかなるので！」

「え、いいの？　家出は？」

「約束なら、今日で帰ります」

「立派……」

明日もいくらかの自由行動があったはず。大丈夫と言うと、彼はなぜか緊張した様子で
――。

◆◆◆

「うわ、懐かしい夢……」
目が覚めてみて、昔のことを夢に見たと気づいた。まだ起床時間には少し早い。肌寒い
ベッドから出る気もせず、布団を被《かぶ》りなおして当時のことを思い返す。

「そうだ、駅まで送ってもらってホテルに戻ったけど、やっぱり熱があって」

そのまま寝込んでしまい、翌日になっても身動きがとれなくなってしまった。連絡先も分からず、ケータイを持っていないと言った手前こちらの番号も教えていない。どうにもできず、結局ドタキャンで終わった。彼には悪いことをしてしまった。

それにしても、今になって十年以上も前のことを夢に見るとは思わなかった。約束した日が近いからだろうか。

「もしかして、九州出張とか決まったりして」

そんなことを呟《つぶや》いていたらドアのカギが開く音がした。松友《まつとも》さんが静かに入ってきて、リビングのカーテンを開ける音がする。

今日も仕事だ。がんばろう。

そうひとりごちて、私はベッドを抜け出した。

その夜、松友さんから衝撃的な予想通りのことを言われるとも知らずに。

第2話・A『早乙女さんと帰りたい』おかえり

「うそ……」

ミオさんの右手から、お箸がぽろりと落ちて軽い音を立てた。

商事会社に勤めていた俺、松友裕二《ゆうじ》がマンションのお隣に住んでいる早乙女《さおとめ》ミオさんにヘッドハンティングされ、帰ってくる彼女に「おかえり」と言う仕事について早くも半年が過ぎようとしていた。

その間にウノで徹夜したりミオさんの思い出のぬいぐるみを取り戻したり海に行ったりウノで徹夜したり妹の面倒見たりウノで徹夜したりミオさんの思い出の玉子焼きを再現したりキャンプに行って心霊写真を撮ったりした。まあまあ高密度で、けっこう山あり谷ありで、そして楽しい。そんな生活を送っている。

社会人になってからの人生は低密度で、高校やなんかに比べると早く過ぎがちだ……と何かの記事で読んだことがあったけれど。俺の場合はむしろ学生時代よりも密度は高いくらいの生活を送っている。

そんないつもの夕食の食卓は、いつになく緊張した空気に包まれていた。

「うそ、じゃないの……？」

「俺がそんなつまらない嘘《うそ》をつくと思いますか」

俺の肯定にミオさんの目から光が消え、メイクを落とした目尻が小さく光る。

「なんで、なんでそんなこと言うの？」

「ミオさん……」

到底受け入れられないという表情で天を、否、天井の蛍光灯を仰ぐと、ミオさんは泣きそうな顔で尋ねた。

「わたしのこと、お家で待っててくれるって言ったのに……」

「それは」

その切なる問いに、俺は。

まあ普通に答えた。

「いや、暮れなんですから帰省くらいしますって。なんで世界の終わりみたいな顔してるんですか」

「うぅ、盆暮れなんて百万年に一度でいい……」

「百万年」

「ご先祖さまも百万年ぶんまとめて来たほうがにぎやかでいいと思う。忍者とか平安貴族にも会えるかもだし」

「ネアンデルタール人とか交じりますけど仲良くできますかね？」

ミオさんが地球がヤバイとでも言いたげな顔で絶望したのは、なんのことはない。

俺が里帰りの相談をしたからだ。

時は十二月の上旬。こういうのは早めがよかろうと年末のスケジュールを相談した、平和な夕食時の会話である。

「でも年末年始だからって一週間も、一週間も……」

「不意打ちしてしまってすみません。いえ、これが不意打ちになるとはたぶん誰も思わないんですがすみません……。ミオさんに合わせての年末年始休暇だから、改めて言うまでもないことかと」

「わかってたよ、わたしもわかってたの。夏もそうだったし」

夏の帰省から戻った時、電気のついていない部屋でひとり動画をじっと見ていたミオさん。その時は『年末年始こそ有意義なものにしよう』とお互いに決めたものの、まあ、なんというか。

半年なんてあっという間だということだ。自分が大人だなんて実は全然思えてないが、これが大人になるということか。

「まだまだ先のことだと思ってたのに……！」

「冬休みの宿題が終わらない子の思考じゃないですか。今年はちゃんと計画的にやってますか？　冬休みは短い上に範囲が広いからギリギリだと間に合いませんよ？」

「もう宿題ないもん。……え、ないよね？」

この会話、前にもした気がする。

話が脱線したが要するに、だ。夏に続いて帰省をするつもりの俺と、その間を一人で過ごすミオさんのせめぎ合いが話の本題である。

「ミオさんは帰省の予定は無いんですよね？」

「無い寄りの無いだね」

「無い寄りの無いですか」

つまり無いらしい。

ミオさんのご実家は神奈川県にある。

先月に訪れたミオさんの幼馴染《おさななじみ》、渡瀬《わたらせ》未華子《みかこ》の実家に近いとすれば電車で二時間もかからない。なんなら週末ごとに帰省できるくらいの距離感だが。

「すぐそこだからね、帰らないんだよ」

「理解しました」

正直言うと、俺も県内で下宿していた学生時代よりも、上京した今の方が帰省する気にあふれている。

人間というやつは本当に非合理な生き物だ。

「いつでも帰れると帰らないよねー」

「逆に、ですよね。典型的な『失ってはじめて気づく』系の考え方なんですけど」

「それに、それにね？」

「はい？」

「親戚一同から『いい人いないの？』って言われる……」

「血縁者の同調圧力か……」

「なんで、なんでおじさんもおばさんも従姉妹《いとこ》もかわりばんこにおんなじこと訊《き》くの……なんで……」

「さて年末どうしましょうか。夏に海、秋に山と行きましたし冬は空ですかね」

「空」

「いいですよね、空」

この手の話題は俺も他人事《ひとごと》じゃない。俺もいつ「孫の顔が見たい」と言われることか。孫とは言わずとも嫁くらいは見せてやらないと、それこそ一生後悔するのが分かりきっているけれども。それを思うと帰省のたびにちょっと気が重い。

「そうだね空いいよね。空気がおいしそうで」

「だいぶ薄味ですけどね。酸素濃度的に」

「味付けはこってりの気分」

「じゃあ地に足のついた過ごし方を考えましょうか」

「そうしようか」

とにかく予定を何か決める。そうせねばこたつ――以前はなかったのだが、今年は部屋にスペースがあるということで導入された――でスマホいじってたら終わるバケーションになってしまう。

「でも何をするにしても松友さんが帰ってくるまではひとり……おうちでひとり……。ご飯もひとりで映画もひとりでウノもひとり……」

「ウノはひとりじゃできないと思いますよミオさん」

「えっ？」

「えっ？」

「四人ぶん配って、ぐるぐる回りながら出していけばできるよね？」

「何の儀式ですか？」

さも「みんなやるよね？」という顔で聞かれても困りますミオさん。そういえば初めて会った時にはもうウノを持っていた。一人じゃできないゲームも持ってるんだなぁとしか思わなかったが、まさか一人でやっていたのか。

あまり知りたくなかったことを知ってしまったところで閑話休題、話を本題へ。

「ひとりでもできることはいっぱいありますよ。たまには一人旅とかもどうです？」

「行けば楽しいと思う」

「ですよね」

「でも、いざ休みが来たらたぶん行かない……」

「ですよね」

「こたつでスマホいじってたら終わる……」

「同じこと考えてました」

　この感じ。

たぶん、去年までは本当にそうやって終わっていたのだろう。社会人生活六年中、六年すべてそうだったであろうことは夏の例からしてたぶん間違いない。

「正直、こたつで正月を終えるのって普通にアリでは？　寝正月ともいいますし」

「それはそれ、これはこれ」

だいぶ行き詰まった感があるが、実はひとつだけアテのようなものはあるのだ。それを切り出すかどうか俺は悩み始めていた。

　実は夏の帰省の後、俺とミオさんはこんな会話をした。

「あー……。年末はミオさんもいっしょに福岡まで行きます？　なんて」

「あはは……」

「……あはは」

ここでひとつの問題が浮上する。

俺が独自に『半年後のメシ問題』と呼んでいるものだ。

人と人との付き合いにおいて、家族から顔見知りまであらゆる距離感で発生しうる。気まずさと気恥ずかしさとばつの悪さをないまぜにしたような、恋しさとせつなさと心強さは特に無いような、不安と焦燥を伴うあの問題。

『あの約束、向こうは覚えてるんだろうか、っていうか約束だったんだろうか』である。どこに出かけた、何を食べたとかの話をした相手から「次の時は誘って」とさらっと言われ、「おうよ」と答えたもののしばらく機会もなくはや半年。さあ、久々に機会がやってきたぞという時になってふと思うのだ。『そういえば、あんな話したなー』と。

約束なら守るべきだが。いざ声をかけてみたら相手が完全に忘れて興味もなくしており、なんだか気まずい空気になってしまう、そんな可能性も十分にある。かといって声をかけずにいて後から知られるのも、相手が覚えていたらと考えた時に具合が悪い。

これがおそらく日本人を長きに亘《わた》り苦しめる『あの約束、向こうは覚えてるんだろうか、っていうか約束だったんだろうか』、名付けて『半年後のメシ問題』である。その解決には時間をかけた綿密な戦略が必要だ。焦ってはことを仕損じてしまう。

「ところで今日のお味噌汁《みそしる》はどうですか」

「おいしい」

「それは何より」

気軽に「どうするー?」とSNSでぶっこめる相手ならそれでいい。問題は相手との距離感というよりは空気感、とでも言えばいいのだろうか。ミオさんの場合、言ってみて覚えてなかったら申し訳なさで魔女の集会《サバト》を始めてしまう可能性がある。だがミオさんほど頭脳明晰《めいせき》な人が覚えていないと決めつけるのはあまりに無謀だ。

覚えているのかいないのか。覚えていたとして約束と認識しているのか。それが分からない限り、俺からは迂闊《うかつ》に触れられない。

「ところでお味噌、替えた?」

「いえ、味噌は同じでちょっと加えたものがありまして」

「加えたもの」

「きなこです」

「きなこ。黄色い粉と書いて」

「きなこを入れると味に広がりが出るんですよ」

「大豆の可能性が広がりすぎてる……」

さて、どうしたものか……。

◆◆◆

カン、カン、と木槌《きづち》の音が鳴る。といっても脳内の話だけれど。

「早乙女《さおとめ》ミーティングを開始します」

議長ミオが開会を宣言すると同時に私たちから拍手が起こった。

そう、脳内会議である。

たまにフィクションで見かけるものだけれど、実は思考を整理する上で有用だというデータもある。要するに自分の脳内でいろんな自分たちと議論をするという思考シミュレーションだ。

自分という人間のいろいろな一面を総動員することで、普通に考えるよりも視野の広い結論を得られるのだとか。

「ごはん担当の私は自然に夕食を進めて頂戴。松友《まつとも》さんに気取られてはいけないわ」

「了解《ガッチャ》。全身全霊をもっていただきます」

晩ごはんのお味噌汁をすすりながら、私こと早乙女ミオは脳をフル回転させていた。脳内に生きる全ての私を動員して議論する、その議題はただ一つ。

松友さんと私こと早乙女ミオは、夏にこんな話をした。

「あー……。年末はミオさんもいっしょに福岡まで行きます？　なんて」

「あはは……」

「……あはは」

ここで私、早乙女ミオが過去に幾度となく直面してきた問題がまた浮上してしまった。

そう、『あの約束、向こうは覚えてるのかな、っていうか約束だったのかな問題』である。「今度ごはん行く時は誘って」と言われてから間が空いてしまった時のアレだ。私はこれを『二年後のごはん問題』と独自に呼んでいる。

早乙女ミオの一人、プライベートな私は言う。

「松友さんなら絶対覚えてるし、約束は守ってくれるよ」

幾人かの私がそれにうんうんと頷《うなず》く。松友さんは守らない約束はしない人だ。相手がたとえ私でも、やると言ったからにはやってくれるに違いない。むしろ懸念すべきは次のステップだ。

「あれって約束だったのかな……？」

微妙だ。とてつもなく微妙なラインだ。その場の冗談といえばそうだし、誘われたといえばそうも見える。

それに従って福岡に行っていいのか、悪いのか。

一本の細い線上に私は立っている。

その気になって「いや、冗談です」なんて言われた日には、私なんて豆腐の角がごとく木《こ》っ端微塵《ぱみじん》に吹き飛ぶだろう。むしろ松友さんなら察して「あ、あーもちろん冗談ジャナイデスヨ」と言ってくれるだろうことが申し訳なさすぎる。

安全をとるなら『約束なんかではなかった』ということにしておくべきだ。年末はこたつでスマホ生活になるけど命には換えられない。

が、また別の、今度はマーケターの早乙女ミオの発言が一気に情勢を覆した。

「松友さんは約束と思っているのかしら？」

「た、たしかに」

そう、向こうがどう捉えているかは問題だ。

「さすがマーケターの私。マーケターは相手の心中を知らずしては成り立たないものね」

「で、どうなのかしら」

「う、うーん……。でも、約束と思ってるなら向こうから切り出してくれるはず……」

「絶対に？　百パーセントかしら？　松友さんにも松友さんの考えがあるはずよ」

「約束とは思ってるけど、やっぱり私と行くのはちょっと……って思ってるとか？」

「あばばばば」

「あばばばば」

「あばばばば」

そりゃそうだ。松友さんだって私と帰省しなくて済むならしたくないかもしれないし、まさか年末年始まで休日出勤の休日出張ってことにしてもらうわけには。

どうすれば……。

「あの」

それまで黙っていた、こちらはお金の管理に気をつけているミオが手を挙げた。

「何か考えがあるのかしら？」

「休日出張してもらえるか、もらえないかはいったん先延ばしにして、ひとまず手当の額を計算して用意しておくべきじゃない……？」

「なるほど、一番大事なことを忘れるところだったわ」

「手当の名目も考えないとね」

ここからの会議は、手当の名前を『福岡手当』にするかもっと凝った名前を考えるべきかに移行していった。

◆◆◆

「……お味噌汁、おかわりいります？」

「……いります」

「どうして敬語に」

「あ、ごめん。違う私と間違えた」

「違う私と間違えた……？」

この日の夕食は、なぜか互いの隙を探り合うがごとき空気で終了した。

かくして慎重を重んじたためにこの日この場では解決しなかった『あの約束、向こうは覚えてるんだろうか、っていうか約束だったんだろうか問題』は、四日後に思わぬ進展を見せることとなる。

閑話①『大山さんは分からない』

おかえり

私は今、斜向《はすむ》かいのデスクで起こっていることが分からない。

「土屋《つちや》先輩、この発注書についてお聞きしたいことが」

「いつもの会社のいつもの発注書やんか。なんかおかしいとや？」

「はい、あそこの担当って『近藤《こんどう》』様ですよね？」

「あの優しいおっちゃんな」

「私もいろいろと教えていただきました」

「で、その近藤さんがどうしたん？」

「誤変換なのか『担当：コ〇ドーム』となっていまして」

「おう？」

「『何か意図があってのことでしょうか』と電話で伺ったところ」

「聞き方よ」

「即答で『失礼しました、かけ直します』と言われて切られてしまいました。その後の連絡がないんですが、こういう時はどうすれば」

「もしもしいつもお世話になっております土屋です。近藤様は……え、胃痛？　では伝言で『事故ということは承知しております』と。はい、それで伝わりますので。なるべく急ぎでお伝えいただければと。はい、はい、失礼致します」

「土屋先輩、なぜ急に電話を？」

「村崎《むらさき》？」

「はい」

「セクハラに厳しいこのご時世、取引先の女の子にそげなもん送っちまったおっちゃんがどんだけ恐怖するか考えたことある？」

「なるほど。その発想はありませんでした」

この二人、白なのか黒なのか……。

◆◆◆

私の名は大山孝行《おおやまたかゆき》。この商社に勤めて十五年になる。職位は係長だ。

結婚して九年になる妻と、八歳と五歳の子供がいる。下の子のランドセルを何色にしようかとカタログを眺めるのが最近の趣味である。

「大山君、社内恋愛についてどう思う？」

「はい？　社内恋愛？」

そんな私が上司であるチャバネさんこと早川《はやかわ》課長――先月からヅラが茶髪になった――に別室へ呼び出され、極秘ミッションを与えられたのは一週間ほど前のことだった。

「私は、勘弁してくれと思う」

「はあ」

「部屋が違うならまだいいけどね。同じ部署内でくっつき、夫婦喧嘩《げんか》とかされてみてよ。空気は最悪で仕事にも差し支えるよね」

「まあ、そうかもしれません」

「それを踏まえて、君から見て『あの二人』はどうかな？　白か、それとも黒か」

「なるほど、『あの二人』ですか」

当部署で『あの二人』といえば心当たりは一組しかない。

私の向かいのデスクに座る土屋くんと、その隣、私から見て斜向かいに座る新人の村崎さんだ。

二人が付き合っているのかいないのか、給湯室でもたまに噂《うわさ》になっているらしい。

「どうでしょう。仲は良いようですし、それ自体は良いことだと思いますが、恋愛関係にあるのかまでは」

「そこ、白黒つけてきてくれないかな？」

「私がですか？」

「君以外にいないじゃない」

自分でやるという発想はないらしかった。

◆◆◆

業務命令と呼べるかはいささかの疑問があるが、実際のところどうなのか。それは私も気になるので、とりあえず探ってみることにした次第である。

「そういえば土屋くん、ちょっと相談したいんだけどいいかな？」

「ん、なんでしょ？」

昼休み、コンビニ弁当を二段重ねにしている土屋くんに声をかける。

隣の村崎さんは何かの用事で席を立っており不在だ。

「僕の甥《おい》が大学生なんだけどね、最近はじめての彼女ができたらしいんだ」

「ほー、そらおめでとうございます」

「で、クリスマスが近いでしょ？　その彼女へのクリスマスプレゼントを何にしたらいいか相談されてね」

「ふむ」

「まあ昔は女泣かせのタカユキと異名をとった私だから相談したんだろうけど、最近の若い人の好みは分からなくて」

「……モテなすったとですねぇ」

「お気遣いの反応をありがとう。村崎さんには言わないようにするよ」

「なんかすんません」

たしかに少し盛ったけど即座に見破らなくったっていいじゃない。そんなにバレバレとなると、村崎さんより先に土屋くんに言ってみたのは正解だっただろう。

村崎さんの薄い表情からどんな反応が返ってくるか、想像するだに恐ろしい。

「そ、それで聞きたいんだけどさ。土屋くんは最近、女の子にプレゼントをあげたかい？参考までに教えてくれると助かるんだけど」

「ちょっと前ですけんど、プレゼントする機会がありましたよ」

かかった。

交際している相手がいるなら、気合の入ったプレゼントを贈る異性はその人か家族くらいだろう。贈ったものさえ聞き出せれば、それをもらった人が村崎さんかを確かめればいいという寸法だ。

名付けて闇のプレゼント作戦。クリスマスシーズンにピッタリ。

ちなみにそんな甥は私にはいない。私、一人っ子だし。

「何をあげたの？」

「その人が昔、親友の裏切りでなくした思い出のぬいぐるみを取り戻して、昔の姿に直して渡しましたね」

「かっこよすぎない？」

重い。

思ってたよりだいぶ重いのがきた。

そんなかっこいいことやってたのこの青年。

「まあ、オレ一人でやったことではなかですが。マッツー……松友《まつとも》っておったやないですか。八：二……いや六：四……七：三くらいであいつが主人公ですわ」

「そ、そうなんだ」

「ともかく、おかげでその人との距離は縮まった気がしますよ」

「それはよかったけども」

「あ、答えとしてはピンポイントすぎますかね？」

「あー、いや、大丈夫。甥っ子には、過去に親友の裏切りで失ったものがないか聞いてみるようアドバイスするよ」

「あるとよかですね」

よくはないと思う。非実在青少年の話だから別にいいんだけど。

「ありがとう、参考になったよ」

「いえいえ。でも、そういうんは女に聞いたほうがよくなかです？」

「そうだね。後で村崎さんにも相談するつもりだよ」

予想外なところもあったが、これは大きな収穫だ。

ものがものだけに偶然の一致はまずない。口ぶりからして身内でもなさそうだ。村崎さんはぬいぐるみが好きだという話を聞いたことがあるし、そこも一致する。

さっそく、村崎さんに話を聞かなくては。

◆◆◆

午後、仕事が一段落し、土屋くんが席を外したタイミングを見計らって村崎さんに尋ねる。

「そうそう、甥からの相談でね」

「最近もらったもの、ですか？」

これで「思い出のぬいぐるみ」と返ってくれば黒だ。

「すみません、高価なものはあまりいただいたことがなくて」

「値段が全てじゃないよ。自分にとっては価値のあるもの、とかあるじゃない」

「ああ、そういうものでしたらあります」

「……もしかして、土屋くんから?」

「あれ、土屋先輩から何か聞きましたか?」

来た。

来たぞ。

ちょっと強引かと思ったけど、あっさり答えてくれた。これは黒か。

「ああうん、簡単にだけどね。いいよねー、そういうの。嬉《うれ》しかった?」

「はい、十分くらい眺めて感動を噛《か》み締めました」

「短くない?」

感動の再会、十分で終了。

最近の子はドライだって言うけどドライすぎやしないか。

「そうですか?」

「そうだと思うけどなぁ……。それで、今はどうしてるの?」

十分で終わった再会のその後が気になる。

「今ですか?　もう手元にはありませんが」

「早くない!?」

「後生大事にとっておくようなものでもありませんし……」

「とっておいてもいいんじゃないかな!?」

「カビとか生えたら汚いじゃないですか」

そりゃ、古いぬいぐるみらしいけども。だからって捨てることないじゃない。

土屋《つちや》くん、この子かわいい顔してけっこうエグいぞ。いいのかこれが彼女で。

「いや、その、ぬいぐるみって親友の裏切りにまつわる思い出の品じゃないの?」

「別に。あれは私が勘違いしてただけですから。……あれ、何の話ですか? 土屋先輩がなんでそんな昔の話を知ってるんですか?」

「え? だってぬいぐるみを直してプレゼントしたって」

なんか噛み合ってないような。

「え?」

「え?」

限定品のメロンパンの話でした。並んでもなかなか買えない駅前の人気店で、何やら土屋くんがプロジェクターで映画を見るのに付き合ったお礼でもらったとか。十分じっくり眺めて目に焼き付けてから食べたとか。

「……たしかに、メロンパンを今までとってたらカビてるよね」

エグいとか言ってごめんよ村崎さん。

「はい。あの、参考になりましたか?」

「あーうん。好きな食べ物をプレゼント、喜ぶ人はいそうだよね」

「長期に亘《わた》って保管するようでしたら、固めるためのレジンなどをセットにしてもいいかもしれません。混ぜて固めるエポキシ樹脂なら初心者にも扱いやすいと大学時代の手芸仲間が言っていました」

「そうだね、パンやケーキだと真空ポンプがないと内部までレジンが浸透しないから気をつけるよう甥にも言っておくよ。ありがとう」

「でもやはりメロンパンは食べる方がいいと思います」

「わかる」

◆◆◆

闇のプレゼント作戦は失敗した。

その後もいろいろ試したが、ふたりの関係を決定づける証拠は摑《つか》めていない。これで十日も収穫なしということになる。

妻や娘に相談したら、

『応援してあげなさい』

『でも余計なことをするな』

『絶対その二人お似合いだから』

と、なぜか私がキューピッドになる期待をかけられる始末。

私自身もだんだん課長の命令とかどうでもよくなってきて、意地で探っている感じになりつつあるが……。思いつくことはだいたい試してしまった。

「万策尽きたなぁ。こちらからのアプローチには限界を感じる」

どうしたものか、と独りごちながら窓の外へ目をやる。ガラスの向こうはすっかり暮れのシーズン。街はクリスマス一色に染まり、味気ない我が社にも少しずつ年末ムードが漂いつつある。

「クリスマス、か」

夏の猛暑地獄の反省を生かして最新型のエアコンが取りつけ……られたりはしなかった事務所では、ヴィンヴィンと怪しげな音を立てて温風を吹き出すエアコンの下、問題の二人が今日も今日とて席を並べて仕事にいそしんでいる。

「土屋先輩」

村崎《むらさき》さんがパソコンから顔を上げ、いつものように土屋くんに話しかけている。

また近藤《こんどう》さんがゴムになったのだろうか。

「私と付き合ってください」

なんだ、告白か。

…………。

告白か!?

「そうか……！　その可能性を失念していた」

仲良く見えても二人は出会って半年やそこら。交際するに至るにはやっと十分といったところ。

まさしく私が探りを入れている間、二人は互いの想《おも》いを育んでいたに違いない。そして今、それが実ろうとしているのだ。

「なんや、買い物か？　飯か？」

「ボードゲームです。パーティ系の新作を仕入れました」

ボードゲームだった。

ですよね、告白するにしても事務所はないよね。

「でも微塵《みじん》も動じないのはどうなの、土屋くん……」

「大山《おおやま》さん、なんか言いました？」

「いや、気にしないで続けて」

首をかしげつつ、土屋くんは何かつらい記憶でも呼び起こされたように腕組みして唸《うな》っている。

「ボードゲーム……ボードゲームか……。夏の時は、いや、そうか……」

「お忙しいようでしたら一人でやりますからお気遣いなく」

「一人で？」

「はい」

「パーティゲーを？」

「はい」

「……ちょっと待て」

土屋くん、スマホで予定を確認している。

「今夜なら空いとって、その次やと来週やな」

「今日は親が来る予定になってまして。年末は夫婦水入らずでラオスのバンビエンへ旅行に行くとかで、その前に少し家族の時間をとりたいと」

「行き先のチョイスが玄人のそれやな……」

「ですので、長時間やるのでしたら今日はちょっと」

「朝までコースをナチュラルに想定するな」

親御さんがいなければお泊まりだった!?

「ではともかく来週ということで」

「タイマーかけて十時には解散な」

そこは健全なんだ。

「私は朝まででも大丈夫です」

「オレが大丈夫やないんや」

ほんとにどっちなの君ら。

「……あの、大山さんも来ますか？　ボードゲーム会」

「え、なんで？」

「ずっとこちらを見てらっしゃるので、お好きなのかと……」

いてもいいんだ、部外者。もうなんだかよく分からない。

「い、いや、すまない。暑さでぼーっと見てしまってただけだ。ボロのエアコンは調整がきかなくて困るねアハハ」

「？　そうですか。失礼しました」

危うく先走ってしまうところだった。

しかし聞いている限り、男女の交際というよりは男子大学生の友達みたいだ。サークルの先輩後輩みたいな。仮に付き合っていてもせいぜい半年。それでそこまでの熟年夫婦感は出せまいし、これはさすがにシロだろう。

ようやく肩の荷が下りた気分だ。そう思いかけたところで、土屋くんが「そういえば」と話題を切り替えた。

「てことは村崎、年末は実家に帰らんとか。なんばすっと？」

「家で大掃除がてらぬいぐるみの手入れでもしようかと」

「それ年末年始にやることなん……？」

「他にやることもありません。いつものカレー屋さんも閉まっているでしょうし」

「ヒマなら九州まで来るか？　案内しちゃるぞ」

ん？

「行きます」

「よっしゃ、新幹線とっとけ。飛行機はくっそ高い」

「分かりました」

「待って、待って」

「どうしました？」

思わず割り込んでしまった。「何か変なことでもありましたか」とでも言いたげな二人に、もしかしてこっちがおかしいのではと錯覚しかけたが今回ばかりは私が正しい。

「いっしょに地元に帰るの？」

「いや、今からだと同じ新幹線とれるか分からんですしいっしょかまでは」

「でも向こうで合流するんだよね」

「福岡と長崎を案内しちゃろうかと」

「そ、そうなんだ」

「楽しみです」

普通、帰省で地元に連れ帰る異性ってつまりそういう相手じゃないのか。なんかそういう感じでいっしょに帰省するのかこの二人は。

いくら私がそう思ったところで「そうです」と言われてしまえば、そうなんだと返すしかない。

「混雑とか気をつけてね……？」

「ありがとうございます」

◆◆◆

「……で、大山君？　結果は？」

調査開始から二週間後。

以前と同じ別室に呼び出された私は、早川《はやかわ》課長に報告を求められていた。

「課長」

「うん」

「あの二人、なんで付き合ってないんですかね？」

「は？」

もう付き合わせた方が平和のためだ。おせっかいと言われようとも構わない。

窓の外、寒空を流れる雲に、私はそう誓った。

後になって振り返れば、だけれども。年末で事務作業が増え、その内容も普段と違って色々と煩雑になる大事な時期に、若い二人の色恋沙汰に振り回されて仕事への気配りが少しだけ甘くなったこと。それは反省点だったんじゃないかと、私は思うのである。

第2話・B『松友さんと帰りたい』おかえり

「ただ、いまー？」

「はい、おかえりなさい」

「ただいま！」

「今日もがんばりましたね」

覗《のぞ》き込むようにドアを開ける儀式からのこのルーチンも、きっと数えれば百回を超えた頃合いだ。ミオさんは完全週休二日制にプラスするところの祝日と夏冬の休暇があるので、五月末の出会いから数えればまあ、だいたいそれくらいになる。

　歩いてくる間に少し汗ばんだミオさんは、靴を脱ぎながらいつもどおりの質問を投げかけてきた。

「今日のお味《み》噌《そ》汁《しる》は？」

「今日は十二月とは思えないくらいあったかかったので、旬も踏まえまして」

「うん」

「蓼《ただ》水《み》汁《じる》です」

「いよいよ日本語なのかも分からない域に入ってきたね」

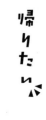

蓼水汁。

蓼《たで》を刻んで——あるいは搾って——味噌と混ぜ、冷水でといたものだ。出汁《だし》も入れなければ煮すらしないというとてもシンプルで野趣的な料理である。その歴史は味噌汁よりもさらに古くそして長い。

「お味噌汁界のクロマニョン人みたいなもんです」

「分かりやすい」

「毎日にバリエーションを作ろうとするとそうなるといいますか」

「分かるよ松友《まつとも》さん」

「何がですか？」

「毎日お豆腐とネギでも全然飽きないしおいしいけど、なんとなく負けた気になるんだよね。わたしもたまにえらく太いペン使ったりするよ」

「書くのに技術が求められるやつですね」

なぜか無言で頷《うなず》きあい、ミオさんは寝室へ。俺は台所へ。

そうして帰宅したミオさんが部屋にカバンを置いて着替えている間に、俺が味噌汁を温めて配膳する。それが俺たちのいつものスタイルだ。今日は温めないけど。

「いただきまーす」

「いただきます。あ、そうだミオさん。古いことわざで『蓼食う虫も好き好き』って言うじゃないですか」

「うん。どうしたの急に？」

小首をかしげつつ、ミオさんはお椀《わん》を口に運ぶ。

「あれって『蓼みたいに辛いものでも好んで食べる虫はいる』ってところから来てるので、つまり蓼水汁はけっこう辛いから気をつけ」

「ぶほっ」

「遅かった」

今回使ったのは蓼の中でも『青蓼』と呼ばれるもので、鮎《あゆ》の塩焼きの高いやつについてくる（らしい）赤蓼に比べると辛味はまろやかだ。

が、味噌汁が冷たくて辛いという未知の事態はミオさんの気道をダイレクトにアタックしていた。

「ごめん松友さん……」

「いえいえ俺の方こそ」

「蓼手当、あとで出しておくね……」

「蓼手当」

「上から読んでも蓼手当、下から読んでも」

「なりませんね」

「あれ？」

他愛もない会話は、やがてミオさんの仕事の話へと移り変わってゆく。守秘義務というものがあるのでさわりだけではあるものの、俺にとっても無関係ではない案件の話がふと飛び出した。

「つちやさんときらんちゃんの会社とのあの件ね」

「ええ、あの件」

「そろそろまとまりそうなんだー」

「ついにですか」

俺の雇用関係が半年になったということは。俺の古巣であり、土屋《つちや》と村崎《むらさき》、俺の元同期と後輩が今も勤める商社との案件も半年を迎えたことになる。マーケターであるところの早乙女《さおとめ》ミオが間に入ることで始まった、古巣の朽木《くちき》前社長が言うところの『我が社始まって以来の大口案件』だ。

その社長が相手方の大企業に大見得かまして会社が潰れかけたり、忙しすぎて真夏に出社した村崎が熱暴走しかけたりと色々あったりもしたけれども。それもいよいよ大詰めということだ。

「孫子の兵法の二章にいわく」

「ええ」

口調と内容が合ってない気がするがひとまず先を促す。

「プロジェクトっていうのは長く続けるほどダメになるから、人とお金を一気につぎ込んで一気に終わらせるのが一番なんだって」

「さすが孫子ですね」

「さす孫」

神妙な顔でうなずくミオさんの口元についていたご飯粒をとってあげると、ミオさんは「ただ」と眉間に少しシワを寄せた。

「最後の最後でちょっと色々あって」

「最終納品先、ってことですか」

「向こうにもいろいろ事情があるみたいだから、わたしが出張に行くことになった。年末ギリギリだから、たぶん出張先で仕事納めかな」

「忙しいですね。せっかくの年末年始なのに出張先で連休入りなんて」

「特にやることもないし、どこで納めても同じかもしれない……」

「なんかすみません」

閑話休題。

「それで、出張はどこに？」

「九州。佐賀県唐津市」

「……すみませんもう一回お願いします」

「佐賀県の唐津市」

佐賀県の東端、イカとからつバーガーで有名な。

「ミオさん」

「うん？」

「俺の帰省先、福岡県糸島市なんですけど……」

「えっ!?」

「…………」

「…………」

顔を見合わせること、五秒。

「えっと、糸島市……？」

「ええ、そういう反応になりますよね……。隣です。唐津市の東隣。地図的には右隣です」

福岡県糸島市は福岡県の西端。そして唐津市は佐賀県の東端にあたる。よってこの二つの市は県境をまたいで隣り合っているわけで。

「なので、俺も帰省するなら行き先はほぼ同じです」

「へー」

顔を見合わせること、七秒。

「…………」

「…………」

「……いっしょに九州行きます？」

「……そうだね！」

「そういえば、夏にもそんなような話をしましたよね。そういえば」

「そういえばしたね、そういえば！」

『半年後のメシ問題』、解決。めでたしめでたしと言いたいところだが、これはつまり。

「松友さんのご実家にご挨拶とか、した方がいい……のかな……？」

新たな問題が浮上した気もしつつ、年末の予定が決定した。

と、話が終わりかけたところでミオさんが差し出したのは妙に分厚い茶封筒。表に何やら書かれている。

「というわけで松友さん、これ……」

「なんですか、この封筒」

「『長期休暇に伴う帰省への雇用主同伴を前提とした休日間移動及び一連の特殊随行業務への特別手当・暮れの福岡エディション』」

「ちょう……え？」

「『長期休暇に伴う帰省への雇用主同伴を前提とした休日間移動及び一連の特殊随行業務への特別手当・暮れの福岡エディション』」

なぜかものすごく満足げな顔で渡してくる封筒には、ロビンソン・クルーソーの原題みたいなタイトルが黒字でみっしりと書かれていた。

長期休暇に伴う帰省への
雇用主同伴を前提とした
休日間移動及び
一連の特殊随行業務への
特別手当・暮れの福岡エディション

第3話　『早乙女さんは替えたい』おかえり

年間に発着する飛行機の数、実に約十八万機。

国内第四位の忙しさで、なんなら滑走路が二本ある新千歳《しんちとせ》空港より二割近く多い飛行機が飛び交うのに滑走路が一本しかない。航空ファンが「正気の沙汰じゃない」と口を揃《そろ》える国際空港。西日本第二の都市にして九州の玄関口、福岡県福岡市は福岡空港に俺たちはいた。

「西日本第二の都市って名古屋市か神戸市じゃないの？」

「ミオさん、それは大きい声で言っちゃダメですよ」

「理解したわ」

言うまでもなく、福岡は東京に比べればいくらか温暖な気候だ。冬でも氷点下を下回る日は少なく、東京相応の冬支度で来れば不都合はまずない。

とはいえ、飛行機の暖房に慣れた体にはいささかしんどみが深い、とはいつだったかの妹・裕夏《ゆうか》の弁。遮るものの少ない構造がやや厳しい。

「お仕事の打ち合わせは明日ですよね？」

「ええ、今日は前乗り。少し観光して明日に備え……るはずだったんだけど」

年末が近いとはいえ異常なほどの人でごった返す空港内。電光掲示板に目をやれば、目まぐるしく変わる交通情報が次々に表示されている。

スマホと空港内のアナウンスを整理した俺は、隣で待つミオさんに肩をすくめた。

「雪でバスがストップしてるみたいです。こんな天気はここ数年なかったんですけど」

「そんなに積もってたなんて」

「ええ、積雪が三センチだそうです」

「……三センチで？」

「福岡ですから」

東京など関東圏と比べた時、福岡に襲いくる脅威といえば「台風」と「黄砂」だ。大雨で街が冠水したことなど数えきれず、黄砂が到来すれば家も車もきな粉餅みたいになる。四月に自転車を買ってもらった子供はだいたい五月に泣くのがこの土地なのだ。逆に災害の王者「地震」はといえば、こちらはさほどでもない。東京に来てみたら東日本大震災の余震がポンポンくるもんだから上京したての頃など「東京さおっかねえ」を素で感じていたものである。

では、雪はどうか。

降らないことはない。ないが、珍しい。どのくらい珍しいかというと、雪が降ったら一時間目がクラスみんなで雪合戦になるくらいには珍しい。必然的に雪への備えなど微々たるものでしかない。

福岡は、積雪一センチで高速道路がマヒする街なのだ。

「あ、じゃあ電車はどう？　たしか福岡は地下鉄よね」

「地下鉄もダイヤが乱れてしまっていて」

「地下なのに」

「福岡ですから」

雨が降っても槍《やり》が降っても大丈夫なのが地下鉄と思ったら大間違いだ。

福岡市を東西に横断する福岡市営地下鉄は、実は西の果てで地上のＪＲと直結しているのだ。

「ＪＲ筑肥《ちくひ》線といいます。これが山や海沿いを突っ切るもんだから雪の影響をもろに受けまして、地下なのに雪で止まる鉄道とたびたびネタにされてるんですよね。ははは」

「西の果てでそんなことになってたなんて」

「ちなみに糸島市や唐津市は、その西の果てのさらに西の果てです」

「オケアノス……？」

「オケアノス」

オケアノス。古代ギリシャ時代に伝説として語られた、東へ東へと進んだ先、人には到達できぬこの世の果ての果てである。なんでも征服王アレクサンドロス三世、いわゆるアレキサンダー大王が目指していたとかいないとか。仮に彼が東進しつづけたなら福岡にだってたどり着いていたのかもしれない。

ちなみにその頃の福岡には邪馬台国《やまたいこく》もまだないので、彼を出迎えるのは野山と少しの田んぼである。

「どちらかといえばコロンブスのインドかもしれませんね。あれは西の果てなので」

「人はいつの時代も西か東の果てに夢を見るのね」

「まあ、ここから西に向かってたどり着くのは土屋《つちや》の地元なんですけども」

「……故郷は大事よね」

土屋の地元・諫早《いさはや》市は南南西なのだがそれは措《お》いておく。今は長崎よりも福岡のことを考えなくてはならない。

「松友《まつとも》さん、福岡空港は市街地から近いのよね？」

「ええ」

「歩いて何分？」

「歩いてなんとかなると思うのは首都圏の人のよくない癖ですよ」

「じゃあタクシーしかないか……」

「いえ、実は俺の家に連絡がつきまして」

「家？」

俺の実家に住んでいるのは祖父母に裕夏。そして、もう一人。

「姉が車で迎えに来ると言って聞きませんでした」

「ありがたい話……のはずだけれど、その言い方に含みがあるのは分かるわ」

「単純に、福岡県民に雪上を運転させたくないだけですね」

西日本の人であれば分かってくれるかもしれないが、雪の日に運転なんて絶対したくないし誰かの運転する車にもできれば乗りたくない。

「……松友さんのお姉さんなら大丈夫よきっと」

「ご信頼ありがとうございます。その気持ちがタイヤのグリップ力に変換されるよういっしょに祈りましょう」

ともあれ来てくれるというのであれば乗せてもらおうとなり、待つこと二十分。スマホに時たま送られてくる現在地はなかなか前に進まずにいた。

「もう近くにいるそうなんですが、さすがに渋滞してるみたいですね」

「三センチで……」

「東京の三十センチくらいの感覚だと思ってください」

缶コーヒーを手渡すと、ミオさんは熱いそれをわたわたと受け取って封を開けた。香りと湯気がふわりと立ち上る。

そういえば、とミオさんは白い湯気を追うように寒空を見上げた。

「……何年ぶりかしら」

「どうかしました？」

「出張はあっても、遠出の旅行なんていつぶりかなと思って。いえ、これも出張ではあるのだけど」

ミオさんは基本的に一人じゃ旅行はしない人だ。そしていっしょに行く人も長らくいなかった。

「正確に数えることにダメージを伴いませんか」

「やめておくわ」

その反動なのか久々の旅行で昨日からどことなくそわそわしている。その落ち着かない視線は、空港を行き交う人やカートをせわしなく眺めている。

「せっかくだし、あちこち観光していきたいわね」

「観光、ですか」

「仕事のことなら心配ないわ。そのために打ち合わせの準備は事前に全て済ませてきたの」

「なるほど、観光のために」

「カフェで仕事するのは効率もよくないし、切り替えは大事よね」

ミオさんの仕事先がある唐津市、そして俺の実家がある糸島市は福岡市から見て西の果て。本来なら地下鉄で移動が便利だ。

姪浜《めいのはま》駅で地下鉄がそのままJR筑肥線に接続してくれる――もっともそこが繋《つな》がっているせいで地下鉄なのに雪で止まるというのは前述の通り――ので、面倒な乗り換えも不要ときている。

なので、打ち合わせ前にちょっと観光というのは時間的にはさほど無理のある話ではない。

「たしかに切り替えは大切ですし、時間的にも大丈夫です」

「よね。どんな名所があるのかしら。お寺とか？」

「ミオさん」

「何かしら？」

「それでも観光名所は巡りません」

「え？」

「それでも観光名所は巡りません」

大事なことなので二回言った。

「え、でもほら、福岡タワーとかは？」

「タワーも楽しいですよ。でもドームとセットでもさほど見るものはないかなと」

「ドームとタワーって近いの？」

「ほぼお隣さんですね」

「あれ、そうだっけ……？」

「そうですよ？」

写真とかだと割とセットで写ってるけど、案外気づかないものなんだろうか。

「あ、海もあるわよね」

「百道浜《ももちはま》ですね。普通にいい普通のビーチです」

「あれ聞いたことあるわ。大濠《おおほり》公園」

「池ですね」

「池」

「超でかい池です」

「超でかい池……」

地元民に知らされた現実に、手近なバス路線図の『大濠公園』をぽけーと見上げている。

しかしミオさん、思ったより詳しいというか、妙にピンポイントな福岡知識がある。

その割にドームとタワーが近いことを知らなかったりするということは、あれか。

「ミオさん、もしかして世界一有名なあの怪獣が福岡にやってくる映画、観《み》ました？」

「取引先の部長さんに薦められて……」

「なんでも観ますねーあの人」

スペース怪獣が福岡タワーに巣を作り、それと対決すべく地球の怪獣王が百道浜から上陸する怪獣映画である。福岡の街に巨大な結晶体が林立するシーンは圧巻のひと言だ。

福岡県民でも意外と観てないいけど。

「あれ、翌年に公開されたカメ怪獣の映画がドームを出すってことで譲りあったらしいですよ。カメの方の福岡にはタワーがないそうです」

「詳しいわね」

「姉が好きでして」

そうなんだ、と返事しつつミオさんはバスの路線図をぐるっと見回し、もう自分の知る観光地がないことを確かめて首を傾《かし》げている。

「でも松友さん、福岡って観光地なのよね？　お客さんいっぱい来るのよね？」

「ええ、国内外からたくさん来てくれますよ」

「みんな池を見に来るってこと……？」

「買い物とかが目当ての人も多いそうですが……」

福岡出身で東京に住んでいるからこそ分かる。福岡市内には、東京から見に来るような観光名所が少ない。

大濠公園も福岡タワーも魅力的なスポットだ。タワーのガラス床エレベーターなんかは何度乗っても面白い。ただ、少しばかりパンチが弱い。

熊本城のような立派な史跡も、長崎の浦上天主堂のような重みある遺産も、くじゅうや霧島や阿蘇《あそ》のような雄大な自然もない。あと西郷どんもいない。それが福岡市だ。

だがそれを補ってあまりある、間違いなく日本一と思えるものが福岡《ここ》にはある。

「飯がうまいんです」

「ごはん」

「ええ、何を食べてもとにかくうまい。リアス式海岸に恵まれた対馬からは新鮮な魚介が、肥沃な土地が広がる久留米《くるめ》や熊本からは米や野菜、肉が集まります」

「おお……」

「そうして作られる料理は当然うまいわけですが、やはりまずは……」

選択肢を絞っている中、不意に背後から声がした。

「ラーメンね」

驚いて振り返ると、暗めの茶髪を下ろした二十代後半、正確には二十七歳の女が、俺の後ろに立っていた。ミオさんは状況を呑《の》み込めずオロオロしている。

「えっ？　えっ？」

「紹介します。姉の千裕《ちひろ》です」

松友千裕。俺の三歳上、裕夏《ゆうか》の十歳上という歳《とし》の離れた姉だ。市内のホテルに勤務する社会人である。

「お待たせしました。裕二《ゆうじ》の姉の千裕です。いつも愚弟がお世話になってます」

「愚弟。あ、いえいえこちらこそ」

「長旅の後ずっとこんな場所にいて疲れたでしょ。積もる話は後にして、まずは車に乗って頂戴」

◆◆◆

「さて、何を食べてもうまい福岡ですが、千裕姉の言う通りまずはやはりこれでしょう」

「匂い……」

「ニンニクは後から自分で入れるのが博多《はかた》です」

「なるほど、それは安心ね」

「ちなみにカロリーも最初から入ってるわよ」

「なるほど、それは安心ね……」

福岡市には無数のラーメン屋があり、言わずもがな一つ残らず、もといほとんどが豚骨ラーメンだ。

あっさりめでツルツルいける博多ラーメン、骨髄の味まで染み出した久留米ラーメン、エスニック風や担々麺風などの創作ラーメン。種類も工夫もさまざまに存在する。

もちろん人気店もあればそうでない店もあるが、ただの競争社会で成り立っているわけではない。

各自がお気に入り《マイフェイバリット》を持ち、通うことが大事な要素となっている。

「ここが俺のイチオシ店です」

千裕姉が自分の推し店に行こうとしたため、侃々諤々《かんかんがくがく》の末にジャンケンで決まった結果である。

「お店の周りの匂いが胸にくる……」

「そこは同意しますが、それを理由に食べないのはもったいない店ですよ」

こちらのラーメンは五百円から六百円が基本だ。上京直後にはラーメン一杯が四桁という都会の洗礼に涙をのんだ記憶がある。

食券を買って麺のかたさを指定し、待つこと数分。

「この白さを見ると帰ってきたなと思いますねぇ」

「ふぉぉ、まっしろですこしも透けてないスープだ……！」

「具はきくらげにネギ、チャーシュー。お好みで紅しょうがや高菜を載せてごまをかけます。高菜は辛いので気をつけてください」

「同じ失敗は繰り返さない。さすがね」

「高菜手当は発生させません」

「裕二、高菜手当って何」

「説明すると長いから今度な」

いつぞや、パスタに『キャロライナの死神』を入れたがために悲劇が生まれたことを俺たちは忘れない、ともあれ腹を満たすのが最優先だと、俺たちは割り箸を割った。

「いただきます！」

「いただきます」

「いただきまーす」

博多の細麺は伸びやすい。とにかくすばやくいただく。

すすった瞬間に鼻を抜けていく脂の香りがたまらない。

「ばりうまかー」

「ばりうまかー」

後で土屋《つちや》に写真を送ってやろうと思う。きっと喜ぶだろう。

「ちなみにですが、店によっては食べた後からふくれてくる麺を使っていたりしまして。勢いで替え玉するとちょっと後悔します」

「先に言ってくれたらうれしかったかも」

「すみません。まさかのダブル替え玉は予想外で対応できず」

「大丈夫、仕事までに全部エネルギーに変換する……！　スケジュール管理くらいできてナンボのマーケター業よ……!!」

「胃腸にもスケジューリングの概念が」

替え玉のしすぎで苦しみながら親指を立てるキャリアウーマンの図。

ミオさんが具体的にどういう仕事をしているのかは守秘義務というものがあるのでお互いに言わないし聞かない。ミオさんが手こずるというのであれば相当に手強《てごわ》いに違いない。

「けっこうな難敵だから、体力がついてちょうどいいわ」

「ミオさんから見てもですか」

「ええ、女性なんだけどなかなか」

「ああ、九州の女性は……うん。強いですよね」

「何よ裕二」

「なんでもない」

ミオさんは明日早くにスタッフと合流するということで、この日は福岡市内のホテルまで送り届けてお開きになった。

第4話『早乙女さんは演じたい』おかえり

「まずは出張一日め、お疲れ様でした」

「ぶへぇ……」

「疲れきっている……」

電車内で溶けそうなミオさんをねぎらいつつ、俺は懐かしい景色に懐かしい記憶を呼び起こされる。

俺が中学二年の頃、千葉県から転校生が来たことがあった。名前は龍崎《りゅうざき》さんといったか。家庭の事情でこっちの親戚の家にやってきたと聞いている。

俺とはたまたま帰り道が近く、不案内な彼女が道に迷っていたところを助けた縁で話すようになった。同じ日本でも土地の違いは大きいらしく、何かと困りがちな彼女はよく俺を頼ってくれた。といっても、それ以上の仲になるようなことはなかったのだが。

そんな彼女が転校してきてすぐの頃、話の流れでこっちの学校の感想を聞いてみたところ返ってきた言葉は一言。

「女子がその、怖い」

「怖い」

「怖いっていうか、強い」

「強い……？」

龍崎さんが発した言葉の意味を、九州しか知らない当時の俺はよく理解できなかった。

それをようやく半分ほど理解したのは上京してからのこと。男女を問わずだが特に女性陣の雰囲気が九州民と関東民で違うことを実感したものだ。

比較として分かりやすいところだと、東京で知り合った村崎《むらさき》……はまあちょっと個性派だとしても。ミオさん……もまあちょっと個性派だとしても。

「松友《まつとも》さん？」

「いや、ちょっと平均的な女性を思い出せなくて」

「平均的な女性」

「個性の時代とは言っても真ん中はありますよね」

ミオさんのかつての親友で全ての元凶、渡瀬《わたらせ》未華子《みかこ》さんがなんなら一番こう、好例ということになってしまう。

九州には兎《と》にも角《かく》にも気の強い女性が多い。土屋がよく口にする『九州男児』という言葉があるが。質実剛健なる強い男をそう呼ぶのであれば、当然の帰結として男が強いなら女も強いのである。

「うぅ……」

「ほらミオさん、窓の外を見てください。海が綺麗《きれい》ですよ」

「どうして海は蒼《あお》いのかしら……」

「玄界灘《げんかいなだ》だから、ですかね……」

「限界だな……？」

ミオさんが福岡市沖に広がる海、玄界灘を限界の目で見つめている理由は単純明快。仕事が難敵だからだ。

福岡にやってきて二日目。ミオさんは唐津で仕事をして、一度こちらのスタッフと合流すべく福岡市に戻り、今また糸島市に向けて電車に揺られているところだった。その顔にはものすごい疲れが見える。

詳しいことは守秘義務があるので聞いていないが、どうやらミオさんの福岡での役目は現地の方々と取引先との間に入っての調整だという。

「詳しくは言えないと思いますが、ずいぶん大変みたいですね」

「詳しくは言えないから例えばの話になるのだけれど」

「ええ」

「森のうさぎさんが川をマングローブにしようとしたら、沖のクジラさんが怒って忍者を差し向けてきたというか」

「複雑な状況だということだけは分かりました」

「この忍者がやり手だった……ちなみにくのいち……」

「くのいちは手強いでしょうね……」

なんでもお年を召した人ながら相当な女傑らしく、唐津に何かを作ろうとしているミオさんたちは対等に話をするだけでも一苦労なのだという。そこからこちらの要求を通すとなればその難しさは言わずもがな。

すっかり疲労困憊《ひろうこんぱい》のミオさんだが、それでも糸島市に向かっている理由はひとつ。

俺の実家に行くためだ。

「ミオさん」

「なにー？」

電車に揺られながら、膝の上のケーキの箱を両手で支えているミオさんに切り出す。

「俺の実家にまで同行する。これがどう見られるかはなんとなく予想はついてると思いますが、その上でお願いしたいことがあります」

「うん」

「俺の嘘《うそ》に付き合ってもらえませんか」

窓の外を見れば、ちょうど松原の海が見えるところだった。

福岡市営地下鉄空港線からＪＲ筑肥《ちくひ》線に切り替わっていることに、そこでようやく気がついた。

れた。


「松友さん」

「はい、ミオさん」

こんなことに付き合わせることに、ミオさんは怒るだろうか。悲しむだろうか。

でも必要なことなんだ。そう自分に言い聞かせる俺に、ミオさんも真剣な顔で答えてくれた。

「ごめん、何のお話かぜんぜん分かんない」

「あれ？」

あれ？

「えっ、なに？　嘘ってどんなの？」

「いやほら、俺の実家で彼女のふりをするみたいなやつですよ。ドラマとかでよくあるじゃないですか」

「うぇ!?」

「え、ほんとに想定の範囲外？」

「お仕事でお世話になってる人のご家族に会いに行く感じだと思ってた……」

思わず黄ばんだ床にずっこけそうになった。でも確かに法的には、雇い主が従業員の実家に挨拶する構図である。

「えらくあっさり実家に来たいって言い出したなーとは思ってたんですが……」

「だ、だって……。松友さんまだ二十四だし、嘘までつくことないんじゃ」

「地方は結婚年齢が低めなんですよ。あとは俺の年齢よりも向こうの年齢の都合、ですかね。祖父母もだいぶ歳《とし》なので、なまじ勘違いしてガッカリさせるくらいなら彼女と思ってもらって安心させたいんです」

「そ、そっか。うーわーどうしよう、恋愛小説みたい……。もっとちゃんとお化粧してくればよかった。わ、私年上だけど大丈夫かな？」

「ミオさんならぜんぜん余裕ですよ」

混乱しつつも意外に乗り気のようだ。

多少の驚きはあったが、どうにか実家の最寄り駅に着く前に協力をとりつけることができたのは幸いだ。

「あ、でも松友さん」

「はい？」

「私、実家にご挨拶する彼女が何言うのかよく分かんない……」

そんなの俺だって分かりません。

「ウチの家族は割とちょろいので、俺がうまいこと言います。ミオさんはニコニコしながらほうじ茶でも飲んでてください」

「それ、逆にハードル高くない……？」

そうこうしているうちに電車は市境を越えた。ここから先が俺の故郷、糸島市。目的の駅もまもなくだ。

「そろそろ降りる用意を。キャリーは俺が持ちますよ」

「一言めってなんだろ。松友さんにはいつもお世話に……あ、年上の彼女が松友さんはおかしいかな。ゆ、ゆ、ゆうじくんにはいつもお世話に……」

「やる気を出していただけて助かります」

ぶつぶつと予行演習するミオさんの背中を押し出して、俺は夏ぶりの駅へと降り立った。

思いのほか風が強く、ミオさんはなびく髪を右手で押さえている。

「松友さん、私って神奈川のどっちかといえば内陸の方なんだけど」

「ええ」

「海風……!!」

「日本海側の海風ってどうしてこう無慈悲なんでしょうね」

福岡県の西の方は海にせり出すような地形になっている。さらには海の方も湾をなして食い込んでおり、かなり海の気配が強い土地柄だ。

つまり、冬は寒い。ものすごく。

「でも、このローカル感はいいよね……!」

「黒ずんだトタン屋根に風化したベンチ。まさに地元、まさに筑肥線って感じですよね」

何駅か向こうに九大学研都市駅ができた時は、こんな文明的なものができてしまってよいのかと思ったものだ。

「改札を出たところに迎えが待ってるはずです。行きましょう」

「ま、待って、手土産ってケーキで大丈夫だった？　もっと違うものがいい？　カードあるからだいたい買えるよ？」

「ケーキで大丈夫ですよ」

「あ、いっそカードを差し上げれば間違いないんじゃ」

「ゴールドカードを手土産にしないでくださいミオさん」

価格無制限のカタログギフトと呼べなくもない、のだろうか。ミオさんのクレジットカード限度額っていくらなんだろう。ちょっと聞くのが怖い。

コンクリートの階段を上がり、上り線側のホームに設置された改札をくぐる。

駅前には小さな小さなロータリーがあり、古ぼけたたばこの自販機と真新しいコンビニが妙なミスマッチを起こしていた。

「その辺に車が止まってるはず……あ、いた」

向こうもこちらに気づいたらしい。車の後部座席のドアが開き、紺色の学校指定コートが駆けてくる。

短い黒髪を揺らしながら走ったそいつは、しかし俺たちのいくらか手前で足を止めた。

「……あれ、止まった？」

「兄ちゃんがホントに早乙女《さおとめ》さん連れてきた――――――！！！」

「おおう」

うるっさ。十メートル以上離れてるのにうるっさ。

「ねーちゃん！　兄ちゃんが!!」

「おい待てバカタレ！　ご近所に知れ渡るやろやめえ！」

こちらも叫んではみるが、高校生のエネルギーにはとても勝てない。こんな形で肉体の衰えを感じたくなかった。

「裕二《ゆうじ》さ、裕二く、裕二ちゃ……。えっと、裕夏《ゆうか》ちゃん元気そうだね……」

「はい、アホですみません。あとできれば裕二さんでお願いします。裕二ちゃんはキツいです」

「どうしよう、もういろいろ分かんない。助けてきらんちゃん」

仮に村崎がいてもあんまり役には立たない気がする。

「はー、でもなんだろ。改めて早乙女ミオさんって実在したんだなって感じするわね」

話の通じない妹を追うように、車から降りてきたのはセーターにチェックのスカート。

「千裕《ちひろ》姉も電話で話したことあるだろ」

「昨日もレンタル彼女である可能性を捨てきれないままラーメン食べてたわ」

「きちんと実在していますよ。本日もお車を出していただきありがとうございます」

「いえいえお構いなく」

ミオさんは笑顔で深々と頭を下げている。混乱のさなか、とっさに仕事スイッチを入れて身を守ったらしい。

「姉ちゃん、とりま立ち話するには寒すぎやろ。まずは帰らんや」

「そうね。二人で後ろに乗っちゃって。裕夏、あんたは助手席に移動」

「早乙女さん、女優の高生《たかじょう》能子《よしこ》に似とるって言われん？」

「二、三回言われたわね」

「やっぱりー！」

「車に乗るって言っとろうもん。行くよ」

迎えがいるといっても実家まで車なら五分ちょっと。その短い道のりは、ひたすらに裕夏のどうでもいい質問攻めで埋め尽くされている。なお、高生能子というのは最近ドラマで人気になった女優だとか。

「その、裕二さんのお祖父《じい》さんとお祖母《ばあ》さんってどんな方？」

質問のフルコンボがようやく途切れたところで、ミオさんが尋ねてきた。緊張しているのか営業スマイルがちょっとぎこちない。

「そうですね、一言で説明するのは難しいんですが」

「不器用なりに優しい方なのかな、とは裕夏ちゃんが来てくれた時の話で思ったけれど……」

性格についてはひとまずそういうことにしておいて問題ないだろう。先に伝えておくべきはむしろ、それ以前の部分だ。

「ミオさん、土屋《つちや》いますよね」

「え、ええ。土屋さんね」

「あいつも九州弁を使いますが、言ってることはだいたい分かりますよね？」

「そうね、まったく分からなかったことはないかも」

「あいつ、あれで気遣いするほうでして。本土の人に通じなそうな方言は封印してるんですよ」

「どういうこと？」

「これから、ミオさんは本物の九州弁を知る、ってことです」

そうこうしている間に車は住宅街の路地へ。ここを抜けた先にあるぼろっちい木造家屋が俺の実家だ。

最後の角を曲がると、玄関先で待つ老人二人の姿が見えた。

「お、あれが祖父母です」

「あれが本物……！」

「偽の祖父母がいるみたいになってませんか」

家の前に車を止めてもらいドアを開ける。俺の向こうにミオさんを見た瞬間、二人が前に出た。三歩前に出た。

「「裕二が彼女ば連れてきた――――――！！！」」

「またか！」

俺の嘆きもどこ吹く風、二人揃《そろ》ってミオさんに詰め寄っている。

「ほんなこつ裕二んガールフレンドげな？」

「…………えっ？」

「あんた挨拶もせんと！　とおかとこ来られてお仕事ばされちょうが、そらきつかろうもん。いっちょん遠慮ばいらんですけんあがってっちゃり。ああもう裕二も裕二よ、そげんこつもいっとかんけん昼の鍋もなおしちょらん」

「えっえっえっえっ？」

完全に思考がフリーズしたミオさんを前に、俺は。

「はいスト――――ップ!!」

とりあえず割って入った。

◆◆◆

ミオさんは神奈川の出身だ。なら当然、おハイソな標準語や東京言葉に親しんで育ってきたに違いない。方言なんて分かっても三河弁くらいまでだろう。

一方こちらは西の果てに根付いた糸島の民。そんな面子《メンツ》がコミュニケーションをとれる方法は限られている。

「オレ　ユウジ。イトシマ　ノ　タミ」

「えっ、なんでカタコト?」

「ジジ　イトシマ　ノ　タミ」

「ババ　カラツ　ノ　タミ。コノコ　イズコ　ノ　タミ?」

「ミオサン　サガミ　ノ　タミ。マチウマレ　マチソダチ。リカイ?」

「リカイリカイ」

「リカイリカイ」

「えっ、えっ」

戸惑うミオさんをよそに、ジジババと俺の三人は顔を見合わせて頷《うなず》いた。

「よく来てくれた、お嬢さん。いつも裕二が世話になっている」

「長旅でお疲れでしょう?　どうぞゆっくりしていってくださいね」

「日本語だ!?」

「ミオさん、さっきのも日本語ですよ」

一応、と心の中で付け加えておく。

「あ、そ、そっか、大変に失礼を……。あの、標準語も使えるんですか？」

「私は小学校が東京だったんですよ」

ばあちゃんの自己紹介に千裕姉が補足する。

「おばあちゃんは唐津のめっちゃいいとこのお嬢様だったのよミオさん。全寮制の学校なんか出ててね。おじいちゃんと駆け落ちみたいに飛び出してこんなとこ住んでるけど」

「やぁねぇ、そんな半世紀以上も昔のこと」

「す、素敵じゃないですかー」

ギリギリで仕事モードに踏みとどまっている。がんばれミオさん。

「で、おじいちゃんの標準語は、社会勉強で電話交換手をやってたおばあちゃんの声を聞いててっきり東京の人だと勘違いを……」

「おい、そんなことよりいつまでお嬢さんを立たせとく気だ。トランクの荷物は俺が下ろしとくからほうじ茶でも出してやりなさい」

「あらあらはいはい」

「えっ、あっ、おかまいなく」

じいちゃんに促されるまま、ミオさんといっしょに実家の玄関をくぐる。

「実のところ、さっきのはちょっとした年寄りの戯れなんで。普通に会話も通じるんで笑ってやってください」

石造りの土間を上がると、保温性皆無の木造建築が織りなす寒さが出迎えてくれた。上がってすぐの木張りの廊下にはそこかしこに傷隠しクレヨンを使った跡が見て取れる。

廊下、といっても狭い家だ。三メートルも進まずに突き当たり、右手の部屋に入るとひんやりとした畳の匂いが心地よい。最近増えたウレタン入りでは出せない、本物のい草のそれだ。

「変わらないな……」

昭和の時代から使っているであろう銀河ガラスも、少し黄ばんだ笹《ささ》柄のふすまも、夏から出しっぱなしになっているらしいニワトリの絵柄の蚊取り線香も。俺や裕夏が小さい頃にした落書きがうっすら残っているのも。

テレビだけ、二〇一一年の地デジ対応で買い替えたせいでちょっと浮いている感じがするのも。

どれも、俺がいた高校時代とほとんど変わっていない。

「まさしく日本の家、ね。いるだけで安心するかも」

「それは何よりです」

「……本物の九州弁も、いきなり標準語になったのもびっくりしたけどね。松友《まつとも》さんは東京で言葉を直したのかと思ってたから」

　それは割と本気で申し訳ない。

「さすがに一年ちょっとじゃ標準語もペラペラとはいきませんから。先にあの二人を通して覚えてたんですよ」

「どうりで……。なんで土屋さんとあんなに違うのかって不思議だったのよね」

　土屋《あいつ》は方言男子のほうがモテると思ってわざと直してないんだが、それは言わぬが花か。

「まあくつろいでください。見ての通りボロ家ですが、言葉は通じますんで」

　一応、と心の中でもう一度付け加えておく。

「意思疎通ができる、とても大事なことよね」

「人間は社会に生きる生物だって実感しますよね」

「日本語と英語の通じない国にはしばらく行かないようにしようかしら……」

　ともあれ、これでようやく落ち着ける。

　……などとは思わない。だってここは俺の実家だから。落ち着けないことは誰よりも知っている。

「あ、ミオさん。お仕事モードはまだ切らないほうがいいと思いますよ」

「え？　お仕事モード？」

　ミオさんが首をかしげつつ手荷物をおろしたところでふすまが開く。入ってきたばあちゃんはほうじ茶をちゃぶ台に置くと、出しっぱなしになっていた鍋やらなんやらを代わりにお盆に載せてゆく。

「はいはいはいはい、ちょっとテーブルかたしちゃいますからね。ごめんなさいねぇ、裕《ゆう》二《じ》がギリギリまで言わないもんだから掃除もろくにしてなくって」

「ああいえ、こちらこそ急におじゃましてしまって」

「裕二もなんでこんな大事なことを言わないの！　昔っから何をするのも急なんだからもー」

「なんでってそりゃ……」

「おい、大変だ！」

俺の言葉を遮るように、携帯電話を耳に当てたじいちゃんが乗り込んできた。

「どうしました、おじいちゃん」

「買い物に行かせた千裕《ちひろ》たちから電話ばい。鯛《たい》はいいのが入っとらんとよ」

「あらあら。じゃあ牛肉よ！　霜降りのすき焼き用を六人前！」

「もしもし千裕、すき焼きに変更ばい！　肉から春菊から豆腐まで一番《いっちゃん》上等なやつば買ってこい！……裕夏《ゆうか》ぁ！　電話口で叫ぶっちゃなかといつも言っとろうが！」

たぶん、すき焼きに反応した裕夏の声がじいちゃんの鼓膜を直撃したんだろう。

「ああおじいちゃん、あとあれ、あれも買ってきてもらってちょうだいな」

「千裕、ケーキも追加で！　ミチさんとこの店の果物の山盛りのったやつあろうもん、あれにせえ」

「あ、おばあ様、ケーキなら私が手土産にこちらを」

　ミオさんが差し出した白いケーキ箱を見て、いかにも「まあ」という顔でばあちゃんは手を合わせた。声のトーンが家族だけの時よりも一、二段階ほど高いのはいわゆる電話のアレと同じ現象か。

「天神の有名なお店じゃない。こんなけっこうなものをいただいちゃってあらあらあら」

「お口に合うといいんですが……」

「もう裕二、こんなできたお嬢さん連れてくるなんて、あんた東京でどんな悪いことしてるの！」

「まっとうに生きとるわ」

「もしもし千裕！　ケーキはもらったけんなんか別のにしちゃりい！　裕夏にさえ選ばせんどけばなんでんよか！」

　裕夏に選ばせると、黒い名峰と名のついたアイスが大量に持ち込まれることだろう。あれはあれで美味《うま》いからミオさんにも食べてもらいたいところではあるが。

　だんだん混沌《こんとん》としてきた。

「そうだ早乙女《さおとめ》さん、お酒は飲める方かしら？　いらっしゃるのが分かってればいろいろ揃えておいたんだけど……」

「ありがとうございます。でも、私はこのお茶が一番ですから」

「あら健康長寿」

急に連れてきてもこの調子だ。事前に言ってあれば、きっとでかい鯛とイカの活造《いけづく》りにローストビーフ、あと国内外の銘酒がずらりと用意されていたに違いない。いくらなんでもやりすぎだ。

「言ったら大ごとになると思ってあえて伏せておいたが……」

信じがたいことに、俺たちの到着からまだ五分しか経《た》っていない。にも拘《かか》わらず大乱闘の様相を呈し始めた実家の居間で、俺はため息をついた。

「先に言っても言わないでも、疲れることに変わりはない、か」

「に、にぎやかなご家族ね」

「ええ、まあ」

一応笑顔なミオさんの向こうでは、じいちゃんとばあちゃんが寿司《すし》をとるかとらないかで盛り上がっている。

「ようこそミオさん、我が松友家へ」

第5話『早乙女さんを歓迎会』おかえり

「兄ちゃん兄ちゃん、お土産はー？」

「おい裕夏、包丁使ってる時に近寄ると危な……くないな。近くなかった。声がでかいだけだった」

夕食時を迎えた松友家では、ミオさん歓迎会の準備が着々と進んでいる。ちらっと見える台所に並ぶスーパーの袋の数が尋常じゃない。

そんな中、焼き豆腐を六等分にカットする任務を受けた俺に、テーブルに食器を並べ終えた裕夏がすり寄ってきた。猫みたいな動きが絶妙にうっとうしい。

「裕夏は近所でも一番声が大きいって評判なのよー？　裕二、お豆腐が終わったらネギも切っといてちょうだい」

「いえーい！」

「それは評判じゃなくて苦情なんじゃ……」

ネギを置いたばあちゃんが台所に戻るのを見届け、豆腐に視線を戻す。

焼き豆腐は生の豆腐より固まっていて切りやすいと見せかけて、表面に硬い部分があってそこから崩れたりするから意外に難しい。

「裕夏も少しは料理とか上手《うま》くなったか？」

「なったし。ウチも今じゃ家庭的で清楚《せいそ》な裕夏ちゃんで通っとると思うよ？」

「疑問形じゃねえか」

「いえーい」

無駄にいい笑顔で無い胸を張っている。

「ちなみに気づいてるか裕夏。お前はまだ俺におかえりのひと言も言ってない」

「三千円」

「じゃあいい」

「おかえり」

「おう、ただいま」

兄が「おかえり」という仕事で食っていると分かれば自分のおかえりにも値札を付ける。

これが我が妹、松友裕夏。

「でよ兄ちゃん」

「土産なら居間に置いてある」

「早乙女さんとどこまで行ったん？」

来た。

絶対に聞かれると思っていたし、来るなら裕夏《コイツ》からだと備えていた質問が来た。

ひとまず彼女のフリをしてもらうことを伝えるのは、実はナシだ。なぜなら裕夏は演技が下手だから。かといって「いついつから付き合ってる」と言ってしまうのもそれはそれでボロが出かねない。

この手の質問が来ることは想定していたし、なんなら「何もない」と言ったところで納得しないだろうことも予想できている。

そこで土屋《つちや》にも相談したところ、これなら完璧だという回答を自信満々で送ってきた。

それを使う時だ。

「ねえどこまでー？」

「福岡《ここ》まで」

「は？」

どこまで行ったかと言われれば、福岡まで来ている。

きっと裕夏も大爆笑して満足するに違いないと土屋のお墨付きだ。

「滑っとるよ」

「おい、お前いつからそんな闇を湛《たた》えた目ができるようになった？」

正直こうなるかなと思っていた。相談した側の義理は果たしたぞ土屋。

裕夏のじとっとした視線を受け流しつつ豆腐を一口大に切り終わり、ネギに取り掛かったところで、後ろのふすまが開いた。

「ねえ松……裕二さん、福岡のすき焼きって白菜入れないの……？」

そこには何やらカルチャーショックを受けた顔のミオさんが立っていた。両手にはすき焼き用の鉄鍋が握られている。

「白菜ですか？　すき焼きに？　入れる地域なんてあるんですか？」

「えっ、だって、神奈川でも東京でもどこのお店に行っても入ってたし」

「なんですと」

そういえば、上京してからすき焼き屋なんて行ったことなかった。そんな金もいっしょに行く相手もいなかったし。

しかしそうなのか。向こうのすき焼きには白菜が入っているのか。

「白菜って水分が出るじゃないですか。すき焼きっていうかすき煮になりません？」

「もともとすき焼きってスープを入れるお鍋料理だし、気にならないと思うけど……」

「そうなんですか」

「そうだと思う」

「庭で育てたネギばかりでネギ恐怖症になりかけた、かつての松友家式すき焼きよりはよさそうですが」

「それよりは……白菜がいいかな……」

一理はある。だがどうにも想像できないと言うか、やたら薄くなりそうな気がする。

これは、ここで話していても結論の出ないやつだ。

「向こうに戻ったらやってみましょう。白菜入りすき焼き」

「そうね、春菊って向こうでもまだ売ってるかな」

「探せばあるでしょう。牛肉に焼き豆腐に糸コンに、って部分は共通ですよね？」

「糸コン？」

「糸こんにゃくですよ、糸こんにゃく」

「ああ、しらたきね」

「そういえば『しらたき』って聞いたことはあったけど、糸コンとしか呼んだことないですね……」

「しらたきってしらたきじゃないの？」

狭い日本、巡ってみると意外と通じない部分があると聞くがここまでとは。

「あとは……ああ、お麩《ふ》もかしら。あれ？　買い物袋にお麩ってあったっけ？」

「すき焼きにお麩……？」

「え？」

「え？」

「えっ、えっ、入れないの？　お麩入れないの？」

「汁を全部吸われてしまうのでは」

「そうやって汁や溶き卵を吸ったのが美味《おい》しいんじゃないの？」

「……卵……玉子焼き……うぷっ」

横で裕夏が何を思い出したのか顔を青くしている。それにしても卵か。お麩に卵。

「ミオさん、沖縄に行ったことは？」

「無いけれど……？」

「フーチャンプルーという料理があるんです。『チャンプルー』は炒《いた》めもの……ゴーヤーチャンプルーとかですね。車麩というお麩に溶き卵を染み込ませたのを使ったのがフーチャンプルーです」

「鰹節《かつおぶし》は？」

「のせます」

「絶対おいしい」

「その理屈で行くならすき焼きにお麩はアリという結論になりますね」

「料理をそういう理論で考えたことなかったわ……」

どうやら他にも色々とすき焼きに入れるものがあるらしい。東京に帰ったら試してみよう。

◆◆◆

その日の夕食は、すき焼きに寿司にローストビーフ——結局追加でいろいろ買ってきたらしい——の特盛セットだった。他愛もない話を終えたところで、おもむろに千裕《ちひろ》姉がこう言い出した。

「ところで申し訳ないんだけど、家に泊まってもらうつもり？」

「……そうだった」

千裕姉に言われて思い出す。実家《うち》に、ミオさんを泊めるわけにはいかないということを。

「ミオさん？　残念だけど実家には寝かせられないから」

「そ、そうですよね。いきなり来た余所者《よそもの》に貸すお布団なんて……」

恐縮しているミオさんだが、別にミオさんがどうだから泊められないというわけじゃない。

「違うんですよミオさん。物理です」

「物理？」

「物理的に寝かせられないんです」

俺の実家こと松友《まつとも》家は狭い。とにかく狭い。

千裕姉と俺が家を出たのだから広くなったはずなのに、それまで無理やり押し込まれていたモノたちがあふれ出して空いたスペースを埋めてしまった。

結果、何が起こるか。

「布団を四枚敷いたら床が埋まるんです。どうがんばっても五枚ですね」

「そ、そっか……」

学生時代に帰省した時など、例の短い廊下に寝かされたものだ。正月の底冷えが熾烈《しれつ》だった。

「えー、早乙女さん泊まっていけんのー？」

「悪いな裕夏《ゆうか》。廊下で寝てる人を踏んづけた上、巨大ナメクジと勘違いして本気の悲鳴を上げてご近所を叩《たた》き起こす子供がいるからな。そんなところにミオさんを寝かすわけにはいかん」

「ソウナンダー」

「目を逸《そ》らすな」

廊下で寝てるだけでもしんどいのに、トイレに行こうとした妹に踏まれて叫ばれるとか俺が何したってんだ。

その事件があって、再発防止策としてどうにか布団一枚を追加で敷くスペースを作って今に至る。ミオさんさえよければ泊まってもらうこと自体はやぶさかでないが、ここにもう一枚追加するのはちょっとばかし厳しい。

ミオさんにしてみても見知らぬ家に泊まるよりは、出張で慣れているビジネスホテルの方が眠るにはいいだろう。

「では私はホテルを探しますね。大きい街ですから、どこかしらは空いているでしょうし」

「じゃあ俺が送っていきますよ。姪浜《めいのはま》か、ホテルの数なら大濠《おおほり》公園らへんかな？」

「待ちなさい裕二《ゆうじ》。そんな遠くに行く必要はないわ」

そう言って、千裕姉は車のキーを指でくるくる回す。

「ああ、そこは業界人が詳しいか」

「業界人……？　千裕さん、お仕事は何を？」

「ホテルの従業員。市内のホテル名で古今東西やったら、勝つか喉が焼き切れるかしかない自信があるわよ？」

喉が焼き切れるほどホテルあるんだろうか、福岡市。

そもそも焼き切れるものなんだろうか、人間の喉。

「じゃあ姉ちゃん、いっしょに頼むわ」

「裕二は残ってばあちゃんたちの手伝いしなさい。腰もそろそろしんどいんだから」

「じゃあ場所だけ教えてもらえれば俺が運転して」

「保険がきかないからイヤ」

なんかすごい食い気味で来る。

「裕二さん、千裕さんもこう言ってくださってますし」

「ミオさんがいいなら……」

「決まりね。じゃ、行きましょ」

それだけ言うと、千裕姉はミオさんを伴って白の軽自動車に乗り込む。二人を乗せた福岡ナンバーの車はすぐに角の向こうへと消えた。

「大丈夫だよな、ミオさん……」

「あら裕二、早乙女《さおとめ》さんどちらに行きんしゃったん？」

「ああ、ばあちゃん。ウチは寝る場所がないからって、姉ちゃんがホテルにつれてったわ」

「あらーどげんしよ。もう準備しとるんよ？」

「……準備？」

ばあちゃんの言葉に、とても嫌な予感がした。

◆◆◆

「危なかったわね、早乙女さん」

「はい？」

松友さんの家が見えなくなり、国道に出た辺りで千裕さんが突然そう言った。

黙っていても気まずいので助かったけど、話が見えないのもちょっと困る。

「地獄の宴会に巻き込まれずに済んでよかった、ってこと」

「じ、地獄の宴会？　親友をカレーに煮込むような？」

「マイナーな映画を知ってるのね。そうじゃなくて、夕食はすき焼きだったでしょ？　あれは急ごしらえのオードブルなのよ」

「オードブル」

すき焼きが。

「ご近所さんに話が広まって、みんなが都合を付けて集まってからがいわば本番よ」

「あの、そんな集まりなら私が参加しないと失礼なんじゃ」

「いいのよ、裕二さえいれば勝手に盛り上がるし。とにかく何かに付けて飲みたい人たちなんだから、まったく」

「まつ、裕二さん、無事だといいですね……」

予想外の話に動揺して松友さんと言いかけたけど、まだ大丈夫。裕夏ちゃんとだって上手《うま》くやれた。

落ち着け早乙女ミオ。お前はやればできる女。マーケターとして数千万円や数億円の取引をいくつも成立させた、計算と交渉のプロだ。

マーケターにとって初対面の会話はむしろ本領。二十歳も三十歳も年上の男性が相手だろうと三分でアイスブレイクできてなんぼ、そんな世界で私は生きてきた。

ましして今日の相手は松友さんのお姉さんだ。つまり同世代の同性。ちょっと彼女のフリをするくらいなんでもない。

任せて頂戴、松友さん。

立派に彼女役をやり通してみせるわ。

「彼女でもない早乙女さんに、そこまで付き合わせるのは申し訳ないしね」

「なんななななんなんなんのことでしょう?」

「ありゃー、本当に偽装彼女だったかー」

ごめん、松友さん。わたしむりだった。秒でバレちゃった。

ごめんね。ごめんね。ダメな雇い主でほんとにごめんね。

「あの、なんで、いつから」

「ホテリエは人間の顔を見るのが仕事だからね。いろいろ理由を言えなくもないけど、七割がたは昨日会った時の直感よ」

「あの時から……」

「レンタル彼女かもとは言ったけど実際そんな感じでもないし、同じ職場の人とかかしら。弟が手間かけさせて悪かったわね」

「い、いえ。私の方こそ弟さんにはお世話になりっぱなしで」

「いい子ねー。あなたが本当に彼女なら、私としては全然よかったんだけど」

どこか寂しそうに、そう千裕さんは小さく言った。街灯の眩《まぶ》しさと黄昏時《たそがれどき》の暗さで顔はよく見えない。

「そんな、私なんて……」

「謙遜しなくていいって。少なくとも裕二はあなたに最高評価つけてるんだから」

「えっ、えっ」

最高評価。松友さんが。

「それって……」

「ま、その辺の話は車でしても盛り上がらないわね。ここよ、降りて」

いつの間にか、白の軽自動車は駐車場に止まっていた。本当に近いホテルだったらしい。

「あ、はい。送っていただいてありがとうござ……糸島のホテルって変わってるんですね？」

目の前の建物は、想像とだいぶ違っていた。

和風だし。のれんかかってるし。『湯』って書いてあるし。

「あら、面白いこと言うわね。楽しくなってきた」

「えっと、千裕さん？　ここスーパー銭湯ですよね？　なぜ？」

「語り合うなら裸に決まってるじゃない」

「千裕さん、平成生まれですよね……？」

「ささ、ずずいっと奥まで。お背中流すから」

「いえいえそんな」

「よければ中まで洗おうか」

「裕夏ちゃんにそれ教えたの、千裕《ちひろ》さんだったんですね……!?」

突然とはいえお風呂はどうせ入るものと言われればその通りなわけで、私と千裕さんは銭湯へ向かったのだけれど。

「一説によると……」

公衆浴場、いわゆる銭湯が発展したのは江戸時代前後のこと。当時は湯屋と呼ばれていた蒸し風呂が少しずつ変化して、戦後も残りながら全国へと広まっていった。だから銭湯の文化やシステムは全国どこでもだいたい似通っているのだという。

そんな歴史の中で、江戸の昔から連綿と続いて今も——原理や形態はいくらか違うとはいえ——存在する施設がある。

「というわけで、やっぱサウナよ」

「やっと素直に『分かります』と言える言葉が出てきた気がします」

ガラス戸の向こうに見える雄大な富士山に、私はコクリと頷《うなず》いた。

富士山の絵が描いてあるのは、看板屋などが社交場でもあった銭湯に広告を出してもらう時の広告料代わりに描いたからだとか。

「で、どこまで話したっけ」

「弟さんが私をどうのって」

「ああ、それそれ。ほら、おじいちゃんとおばあちゃんももう歳《とし》でしょ？　だから元気なうちに最高の嫁を見せて安心してもらいたいってね」

「さい……」

「裕二が考えそうなことだわ」

「あばばばば」

「あばばば？」

どうしよう、お仕事以外で人生で一番褒められてる。泣きそう。

「ていうか早乙女さんもいつまで敬語なん。ええんよタメ口で！」

「は、はあ」

「って私のが年下か！　あっはっは！」

「え、えっと、じゃあ敬語やめるね……？　なんか分かんないけど……」

特に気にしてもいなかったが、千裕さんは二十七歳。私よりひとつ下だった。

「でもそっかー、裕二がウチより年上ば連れてきたかー」

「本当の彼女じゃない上に年上でなんというかごめん……」

「むしろよかったと思っとるよ。なんか、ウチもまだまだいけるって思えたし」

「千裕さんは結婚は……？」

「まだ。声かけてくれた人はおったけど、色々あってね」

「色々……？」

「痛みというか、傷というかの問題がね」

「痛み」

痛み、というワードに私の中の何かがじくりと疼《うず》く。人にはそれぞれ事情がある。時にそれは他人から見ればどうということもないことかもしれない。けど、その重さを決めるのは自分自身をおいてほかにいないのだ。

同情はしない。否定もしない。その生き方を教えてくれた人こそ、松友《まつとも》さんだ。きっと今なら私にも正しい対応ができるはず。

「実はね、その男から暴力を……」

思ったより難しいテーマがきた。

「暴力!?　えっ、えっ、重い話？　私、聞いても大丈夫？」

「『暴力を振るってくれ』って言われて」

そっち？

「そっち？」

思わず頭と口が連動した。

「いや、私も最初はどうかと思ったけどさ。ほら、何事も否定から入るのはよくないし、何がどれだけ大事かって人それぞれあるわけやない？」

「なんだろう、松友さんと同じようなこと言ってるのに何かが致命的に違う……。それで、どうなったの？」

「暴力性の違いで解散した」

「暴力性の違い」

「ロックやろ？」

「わ、私ジャズ派だから……」

私にはちょっと早い世界だったみたいだ。ちょっと目を逸《そ》らした私に、千裕さんは何かを察した顔で教えてくれた。

「あ、裕二《ゆうじ》はウチとは似とらんから大丈夫と思うよ。たぶん」

「そんな心配はしてません」

松友さんが暴力を振るうなんて想像できないし、その時はきっと私が人として間違えた時だけだろう。

……でも、きらんちゃんに対する松友さんの強めな態度。あれはちょっと仲が良さそうで、うらやましいと思わなくもない。

「まあ、そんな重くは考えとらんかったっちゃん。じいちゃんばあちゃんも呆《あき》れながら笑っとったし。でも、裕二だけはちょっと気にしとって」

「……それが、車の中で聞かせてくれたお話？」

「そ。じいちゃんとばあちゃんが元気なうちに、孫とは言わなくても嫁の顔くらいは見せてやりたい、って思ったたっちゃろね」

「それで、私に彼女のフリを」

「そのために目下最高の女ば連れてきたら早乙女《さおとめ》さんやったたっちゃろ。贅沢《ぜいたく》やねえあいつも」

何が贅沢なのかは分からないけど、松友さんのことは少しだけ分かった気がする。

「……松友さんって、お料理が上手なんだよね」

「ああ、昔はそうでもなかったけど、学生時代に練習したっぽいね」

「いろいろ作ってもらったことがあるんだ。豚の生姜《しょうが》焼きとか、麻婆《マーボー》豆腐とか、ご汁とか」

「庶民的か。もっと高級なもん作ったれよ裕二ー」

そう、松友さんは料理上手だけど、作るのは普通の家庭料理ばかり。高級食材を使うようなものは見たことがない。

あまり裕福でない家に生まれ育って、そこで料理や家事を覚えたからなのだろう。早く自立した大人になって家庭を持つために、学生時代も腕を磨いてきたに違いない。

それが、今の松友さんを作ったのだとしたら。私に雇われていることは、彼にとって本当に幸せなんだろうか。

「そんなこと考えても仕方ない、けど」

場の空気に当てられたのだろうか、頭がぐるぐるする。

なんか、視界が、おかしい、ような。

「……るか」

「は？」

「知るか――――」

「早乙女さん？」

現代日本、何をするにもよく分からないことがついて回る。この世界を作った誰かはもうちょっとシンプルに考えるべきだった。

「世の中には！　めんどくさいことが多すぎるの！」

「お、おお？」

「わたしはねえ、お仕事がんばってるの！　なのに実家じゃお仕事の話なんて誰もしなくて、『いい人いないの？』ってみんなみんなみんな!!」

「おー、こういうタイプか早乙女さん」

「そう、もっとシンプル、シンプルに！　仕事だから、案件の最終段階だからって難しく考えすぎたのがそもそもの間違いで……ぐぅ」

「あ、のぼせた」

それから気がつくと、なぜか脱衣所で寝かされていた。

◆◆◆

「あんた飲めん代わりによう食べようねぇ！　風呂でなんか吹っ切れたん？」

順序として逆ではないのか。

千裕さんの行きつけだという居酒屋のテーブルについた時はそう思わなくもなかったが、シンプルに考える私は気にしないことにした。

「なんとなく！」

「そうそう、何が得かよりも何がしたいか！」

最初に言っておくと、千裕さん、笑い上戸だった。ホテルで働いてるせいか標準語もまかったけど、お酒が入ったらいつの間にかこっちの言葉に戻った。

でも、そんなことより。そんなことよりも。

今はお箸が止まらない。

丸い鍋にぎっしりと並んだ『鉄鍋餃子《ギョーザ》』。

カリカリ餃子の中に詰まったニラの香りが、豚の脂に溶け出して食欲を無限大に引き上げる。

皮にかるく火を通した鶏肉《とりにく》を、柚子胡椒《ゆずこしょう》といただく『鳥刺し』。

生の鶏肉なんて大丈夫なのかなと思ったけど、ねっとりあっさりした食感がたまらない。

一見なんの変哲もない『焼き鳥』。

炭で焼いて柚子胡椒のおいしいやつを付ける。それだけでここまで変わるのかと感動した。でも半分くらい豚肉の串が交じってるのが何故《なぜ》なのかはよく分からない。千裕さんに聞いたところ「え、東京って焼き鳥で鳥しか焼かんの」と日本語の深みを感じる反応が返ってきた。

そして、何よりも。

「イカおいしい……。これイカ、イカなのに、イカがおいしすぎる……！」

「ばあちゃんの故郷、唐津は呼子のヤリイカよ」

千裕さんに連れてこられたお店は、高級店でもなんでもない『地元のちょっといい居酒屋』だった。だったのに。

何このおいしさ。

福岡はごはんがおいしいのが自慢だって松友さんも言ってたけど、お刺身ひとつがこんなに違うものなのか。

「ごめん松友さん……。わたし、松友さんを地獄に置きざりにして天国にいるよ……！」

「おうおう、弔いよ弔い」

「あの、弟さんは生きてるのでは」

たぶん。

「まあ裕二のことはともかく、福岡の食い物《もん》はどげんよ？　イカ好いとうと？」

「イカのお刺身だって聞いて、東京でもよく見るイカソーメンみたいなのを想像してたんだよね……。真っ白でちょっとぬるっとしたやつ」

「はいはいはい。で、これが出てきたと」

「イカが海水に生きるものだってことを知らされた……！」

千裕《ちひろ》さんがケラケラ笑いながら指差しているイカの刺身。丸ごと一匹、胴の部分を細切りにしてスダレに載せたスタイルの活造《いけづく》り。

夜の海だ。夜の日本海がそこにある。

海水をそのまますくったような透明さ。

包丁が入ってなお波打つ燐光《りんこう》。

イカ特有の生臭さもぬめりもまったくない。コリコリした歯ごたえと、濃厚な九州醬《じょう》油《ゆ》にもまったく負けない甘み。夏の夜風を思い出す清涼感が口の中を通り抜けていく。

「イカが海水に生きる。コメントがなんか頭いいね……」

「そ、そう？」

「ウチは『うまい！』しか言えんけんねぇ。やっぱアルコールは脳細胞を破壊するっちゃろか」

そう言いながら千裕さんは手にしている中ジョッキを一気に飲み干した。

もちろん中身はビールでなく芋焼酎だ。

「あの、芋焼酎ってそんな風に飲むものだっけ？　酎ハイやビールみたいな……」

「飲むものかは知らんけど、飲めるし？　大将、同じの！」

「飲めるなら仕方ないね……」

「とにかく、弟がこんなええ人連れてきてめでたい！　とにかくめでたい！」

千裕さん、今までの私なら苦手なタイプだったろうなと、なんとなくそう思う。騒々しくて感覚派でお酒好きで……。

でも、どこか松友さんとも似ていて、そんな人が私と出会えたことを喜んでくれているのは。

「私も、来てよかった」

「そうそう、人間、まずは『何をして喜ぶ』よ」

「何をして喜ぶ」

「何がどう得とか、どんだけ儲《もう》かるとか、今どきそういう話ばっかやん。ちゃうんよ。まずは『どんだけやりたいか』と『どんだけ楽しいか』よ」

「そういうもの……？」

私はマーケターだ。いや、そうなる前から基本的に数字の世界で生きてきた。目的達成のために「なぜそれをやるか」は明確にしないといけないけれど、それはあくまで数字に説得力を持たせるためのものにすぎない。

それそのものが目的なんて考え方、したことなんて無かった。

「よーし大将！　盛り上がってきたっちゃけどイカの唐揚げまだー？」

「イカの唐揚げ」

イカの唐揚げ。

そういえば、さっきのイカは胴の部分だけ食べて、ピチピチ動いていたゲソは唐揚げにするって持っていった、ような。

っていうか、餃子とか焼き鳥とか唐揚げとか、カロリー、いくつ。

「まあ、今夜くらいは」

「締めはラーメンもあるよ……？」

「締めの……ラーメン……!?」

なんやかんやあって、目が覚めると九大学研都市駅近くのホテルで朝を迎えていた。隣の部屋に泊まっていた千裕さんがフロントにモーニングコールをお願いしてくれていて助かった、のはいいとして。

シャワーを浴びた時に目に入った体重計には、なんとなく乗れなかった。深い理由はないけれど、乗れなかった。

◆◆◆

「……ああ、おかえりなさい、ミオさん」

「た、ただいまー……」

「実家でやると新鮮ですね、このやりとり」

「そ、そうね」

青い。顔面が青い。

私があまりお酒に強くないから晩酌することもなく、松友《まっとも》さんが酔っているところを見るのも稀《まれ》だ。仮に飲んでも嗜《たしな》む程度というやつなので、翌日に残るようなこともない。

初めて見た二日酔いの松友さんは、人間の可能性を極めたような青い顔をしていた。

「カバンを取りに来たんですよね？　今日のお仕事はどうでしたか」

「ま、まあまあかな」

「それはよかった。ごはんの仕度しますね」

「しんどいなら無理しなくても……」

「ははは、何もしないのもそれはそれで苦しいのが二日酔いですよ、ははは」

そう言ってエプロンをつけた松友さんの言う通り、今朝がたホテルで目覚めた私は仕事へ直行し、夕方になって松友さん宅へ戻ってきていた。松友さんの顔色と反対に、交渉に向けた準備は上々。残り三日の予定だから明日で合意までは取りつけたいところだ。

「ミオさん、なんだか吹っ切れた顔をしてますね。何か策でも思いつきましたか」

「ええ、ちょっとね。策っていうものじゃないけれど」

どういったメリット、施策、利益調整を行うかで揉《も》めていたし、私もそれに傾いていたけれど。

結局のところ、一段とばしにしてしまったステップに答えはあったのだ。

「うさぎさんが川にマングローブを作ったらクジラさんに何の得があるか。そればかり説明したりしていたんだけれど」

「交渉ってそういうものですよね」

「まず、うさぎさんがどれだけマングローブを作りたいか。それにいかほどの熱意を持っているか。こっちの本気を見せるのが足りなかったんだって気づいた……そんなところかしら」

「分かるような分からないようなですが、何か分かったことは分かりました」

「言ってて自分でも分からなくなってきたわ」

さてと、と松友さんは台所への戸を開けた。居間よりも冷たい空気がスゥと流れ込んでくる。

「ミオさんの昨日の食事はかなり重かった、とにかく重かったみたいですから」

「そ、そこまででもないけどね？　まあちょっとは……」

「なので、今日はかつお菜を使ったメニューでさっぱり目にしようかなと」

「かつお菜」

「かつおの香りがすると言われる謎の草です」

「福岡の野菜って聞いたことある」

いつもと同じ松友さんのごはんを出張先でも食べられるなんて、こんなにありがたいことはない。夜だっていつもなら出張先の人と飲み会ばかりだけど、今回はお役所の人が少しだけど関わってるおかげでそれも無いのが幸いだった。

おかげでこうして穏やかに仕事後の時間を過ごせる。ただ、ぼーっと待っているのも手持ち無沙汰なわけで。

「テーブルの準備でもしておこうかな」

小さい頃、お母さんが家を出ていってからはこういう機会は一度も無かった。家族で夕食を食べることも、その支度をすることも無かったと言っていい。友達、だったみかちゃんとのことがあってからだろう、友達の家にお呼ばれして夕食を、なんて思い出もありはしない。

なのに。こうしてちゃぶ台の上からフリーペーパーやチラシを片付けているだけで、畳の匂いを肺に吸い込んでいるだけで、なんとなく忘れかけていた感覚を思い出しそうな、そんな気持ちが胸の底から湧いてくる。

「家族、か……」

映画か何かで飽きるほど呟《つぶや》かれていそうなことを口に出したことに気づいて苦笑いしたところで、ちゃぶ台に置きっぱなしにされた松友さんのスマートフォンが振動しているのに気がついた。着信のようだ。

「松……裕二《ゆうじ》さん、でん、わ、が……」

画面には発信者の名前が表示される。土屋《つちや》さんかきらんちゃんかなと、そう思っていた液晶画面には。

『渡瀬《わたらせ》未華子《みかこ》』

確かにそう表示されていた。

「なん、で」

17:08
82%
渡瀬未華子
後で通知
メッセージ

視界がふ、と暗くなったように感じた。十二月らしい肌寒さの中で頭だけが燃え上がるように熱い。

『渡瀬未華子』

そう表示されたスマホを改めて見つめて、間違いないと確かめ立ち尽くす。その名前を忘れるはずがない。捨てることのできなかった卒業アルバムに名前の残る幼馴染《おさななじみ》。小学四年生までいつもいっしょだったあの子。

「みかちゃん……？」

最後に名前を見たのは初夏に同窓会の案内を受け取った時だった。あれは欠席の返事を松友さんに頼んで出してもらったから、会いに行くことはなかったけれど。

唐突すぎる事態に頭が回らない。そうしているうちにスマホが留守電モードに切り替わる。収録されるメッセージの『みかちゃん』とどこか重なる声色は、同姓同名の誰かという可能性さえも曖昧に否定していた。

『あ、マツモトさん？　前に作ったあの玉子焼き、湯葉の入ったやつ。あれ湯葉の作り方ってどうだったかしら？　親戚の集まりで作ろうと思ったんだけど、なんだか膜じゃなくてヒモみたいに縮れちゃうのよ。コツとかあったら教えて頂戴』

「玉子、焼き」

夏、私が潰れかけた時に松友さんが再現してくれたお母さんの味だ。

細かいところまで昔食べた味そのもので本当に驚いた。松友さんの「料理に慣れた人どうしであれば、味付けも見当がつく」という言葉をそのまま信じていたけれど。

彼女なら、みかちゃんなら本物の味を知っている。二人が協力したというのならあの再現度だって——もちろん簡単なことではないと思うけれど——納得できてしまう。そういえばあの日、マンションから出てきた女性がなぜかみかちゃんに見えたことがあった、ような。

「違う、そんなことじゃなくて」

やたら理屈ばかり思い浮かぶ自分に呆《あき》れる。知りたいのは、気づきたいのはそんなことじゃない。

松友さんはなぜみかちゃんにコンタクトしたのか。

一体どんな理由と経緯でここまで親密になったのか。

この感情は、なんなのか。

「松友さん、なんで私には黙って……」

分からない。しっかり働いているはずの頭はもやがかかったように何の回答もよこさない。いっぱいいっぱいの何かが詰まって動こうとしない。

「あ、ミオさん」

ただ何もできずにいた私は、台所に繋《つな》がる戸が開く音に心臓を跳ね上げた。

「納豆食べます？　昔、納豆を食べるとにかく体にいいって教えてくれた人がいまして」

「な、なに？」

松友さんの顔が分からない。

半年くらい前の、あの雨の夜に私を助けてくれた人。私の大切な思い出を取り戻してくれた人。信じていい人もいるのだと、行動で示そうとしてくれた人。それをなかなか受け入れきれない私を、毎日家で待ちながら見守ってくれている人。

見慣れたはずの笑顔が、全く別のナニカに見えた。

「ごめんなさい、今さっき電話が入って今すぐ出ないといけなくなって」

「ありゃ、そうですか。おにぎりでも持ちますか」

「大丈夫。じゃあ、急ぐから」

「え、あの、ミオさん？」

松友さんの呼び止める声がしたけれどなぜかここにいてはいけない気がして、私はカバンだけ持って家から駆け出した。

第6話・A『早乙女さんは帰りたくない』おかえり

逃げ出したところで、仕事もない私に行くあてなんてない。

「あ、松友《まつとも》さんまた連絡くれてたんだ」

なんとなしに駅へ向かい、上りの電車で座席についたところで、カバンに入れっぱなしでなんとなく触れずにいたスマホを開くと、やっぱりというか松友さんから何件かメッセージが届いていた。彼らしい、私を案じる言葉が並ぶ。

最後には、今日は何時ごろに帰れそうかという、本当にいつもどおりのログが残されていた。

「帰……れないかな」

そのメッセージのどれも、既読のマークはしっかりついてしまっている。

既読がついてしまったことは仕方ないとして。いったん返事を保留して窓の外をぼうと眺めながら私は電車に揺られていた。日の落ちた海岸線の向こうには、炭のように黒い海が静かに広がっていた。名前はたしか今の見た目の通り、黒いという意味で。

「玄界灘《げんかいなだ》。限界だな、なんて……」

トンネルに入ったということは現在地はすでに福岡市内だ。

どうするも何も、松友家に帰るしかない。そうと分かっていても、駅に着くたびに降りるのをためらい、まごついているうちにドアが閉まり電車は再び走り出す。

さっきのことが気にかかる。かかるけれど、だからどうするということも思いつかない。松友さんに率直に聞いたらきっと答えてくれるのだろうけど、どんな返答が来るか分からないことが手をためらわせる。

スマホを持っていたところで連絡ができないこともある。そんな捻《ひね》りもないことを考えていて、ふと、あの時と同じだなと、そう思った。

「あの時も、ケータイあってもどうにもならなかったな……」

糸島から福岡へ向かう鉄道はJR筑肥《ちくひ》線と市営地下鉄だと松友さんも言っていた。今はそれに乗りながら市街地へと向かっている。筑肥線としての終点は姪浜《めいのはま》という駅だ。でもそこから折り返すわけではなく、直通でトンネルに潜って地下鉄へと変わる珍しい作りをしている。

福岡に到着した日に雪で地下鉄が止まっていたのも、この直通が理由なのだろう。今さらに実物を見て理屈を理解した。

そうして降りるタイミングを見失っていた私は、ふと見覚えのある駅名に顔を上げた。

「西新、か。久しぶりね」

「どうしよう……」

そのまま降りて地上へ上がってみて、うっすらと記憶にある十二年前からの変化ぶりに驚いた。特に駅を出てすぐ南側に見えるデパートはまったく別物になっている。前来た時は昔ながらの造形というべきか、鉄筋コンクリートの塊のような横長で四角い建物だった。今ではすっかりモダンなデザインに建て替わったばかりか後ろの方に高層ビルまでくっついている。

「こっちか」

目的地はそんなデパートと反対方向、北側にある。ここからでも見えているので迷う心配もない。クリスマスに合わせてだろう、青い輝きの中に赤と緑がライトアップされたランドマーク。

福岡タワーが、雪のちらつく中で煌々《こうこう》と輝いていた。

「綺麗《きれい》」

月並みすぎる表現ではあるけれど、素直にそう思った。東京のランドマークといえばやはり東京タワーだろう。神奈川県だと名前通りの横浜ランドマークタワーがある。どちらもあくまで機能を求めて作られたもので、外観はコンクリートと鉄骨からできておりイルミネーションなどはあまり対応されていない。

福岡タワーはそれそのものが二百三十四メートルのスクリーンだ。

さらに背景を空だけにできる海沿いという立地。

空港が近いために高層ビルが存在しない都市デザイン。

様々な要素がシナジーを発揮し、クリスマスの福岡には東京近郊では見られない壮麗な風景が現れていた。

「高校の時も、福岡といえば福岡タワーくらいしか知らなくてなんとなく来たんだっけ」

東京に比べればいくらかやわらかな寒さの中を歩き出す。空高いタワーが少しずつ近づく高揚感からだろうか、なんだか心が軽くなる気もするから不思議なものだ。

「……松友さん、ご飯作ってくれてるのかな」

心の整理がつかず返事もできずにいたら、すっかり暗くなってしまった。とにかく何か送らねばとスマホを出したところ。

その光に引き寄せられるように、駆け寄ってくる足音がした。

「おった――――!!」

「声量!?」

声量。声量がすごい。もう声質だとかじゃなくて声の大きさだけで誰か分かる。

「裕夏《ゆうか》ちゃん……?」

「やっぱここにおったん。兄ちゃんが早乙女《さおとめ》さんば捜しとるけん、ウチも手伝っとったんよね」

電車賃は松友さんに多めにもらったと自慢げな黒髪の高校生。

松友さんの妹、夏には東京まで片道切符で来てくれた裕夏ちゃんがそこにいた。

「私を捜してるって、どうして……？」

「気になる、って」

「どうしてここにいるって……？」

ふと、初めて裕夏ちゃんを家に入れた時のことを思い出す。松友さんと予期せぬ遭遇をした裕夏ちゃんは即座に逃げ出し、音のフェイクを使い心理の裏をかく攻防を繰り広げた。兄ゆずりなのか兄妹だからなのかは分からない。ただ松友さんと似た高い発想力と状況対応力をこの子も持ち合わせていることは疑いようがないのだ。

今回も状況からの推理で私の居場所を突き止めたということだろうか。だとすればきっと将来はいいマーケターになれるに違いない。プロファイリング能力はマーケティング担当者の必須条件だ。

驚きを隠せない私に、裕夏ちゃんはどやぁと胸を張った。

「人は落ち込むと、そのぶん高いところに行く！」

「心理的に下なら物理的には上に行くんだ……」

「ウチはそうしよる」

「釈然としないけど私も来ちゃったから否定できない」

「そんじゃ兄ちゃんに……」

「そ、それはちょっと待って！」

「待ちます」

「あ、ありがとう」

思わず止めてしまった。止めたところでどうなるわけでもないのに。

「未華子《みかこ》さんとのこと？」

「……そっか。裕夏ちゃんもいた時だったもんね。会ってたんだ」

さほどの驚きはない。時系列でいえば面識くらいあってもおかしくはないのだから。

「あの時は大変やったよ。早乙女さんのために玉子焼きを作るとか兄ちゃんが言い出して。そんでいっぱい作って未華子さんに食べてもらって」

「やっぱり、そのために……。ねえ、なんでみかちゃ……未華子さんが松友さんとそんなに仲がいいの？　なんで私のために手伝ってくれたの？　何か聞いてる？」

「ちょっとは聞いとるけど……」

「私、何も知らなかったの。知ってることだけでいいから教えて頂戴」

「兄ちゃんに喋《しゃべ》っていいか聞いてよかですか？」

「それ聞いたら私と会ってることバレない？」

「そうやった。……ま、いっか。なんか言われたら『借金を盾に脅されて喋りました』って言います！」

「それはそれで別の問題がある気がするけれど、背に腹は代えられないわ」

自分の人生にお金を投じた私に、裕夏ちゃんは知っている範囲のことを教えてくれた。

私が土屋《つちや》さんときらんちゃんの会社を潰しかけた時、ぬいぐるみを、あーちゃんを捜してくれたこと。

それを持っていたのがみかちゃんだったこと。

松友さんが受け取りに行って、私のために怒ってくれたこと。

「そうだったんだ……。子供が使ってた秘密基地みたいな場所で見つけた、って聞いていたから」

「未華子さんのこと教えても、たぶん誰も幸せにならんって兄ちゃん言ってた」

正しい、と思う。あの時の、松友さんと出会ったばかりの頃の私に、みかちゃんのことまで受け入れる余裕なんか無かったから。

「……それは今も無いか」

「まあ、玉子焼きの時は未華子さんも同じようなこと言っとったし」

「そう、なんだ……。そうだ、玉子焼きは裕夏ちゃんも手伝ってくれたの？　私のために苦労させちゃったわね」

ひとまずお礼は言うべきと思っての問いかけに、裕夏ちゃんは妙に深く頷《うなず》いた。

「玉子焼き一本作るのに、卵は二個。未華子さんが食べるんは一口」

「え？」

「残りはだいたいウチが食べました」

「本当に苦労させてたわごめんなさい」

「お弁当に玉子焼きが入っとると体が震えるようになりました」

「そんな人生つらすぎる……」

言われてみれば、一時期に卵チャーハンがよく出た気がする。

あれも試作品のなれのはてだったのだろう。

「そういえば、裕夏ちゃんは家出して東京に来たんだったわよね」

「ですよ？」

「昔、ここで家出した子に会ったことがあるのよ。私にとっては人生の転機だったかもしれない出来事ね……」

少し前に夢で見た出来事だ。おかげで今までよりも鮮明に思い出せる気がする。

「まず家出して福岡タワーは新しかですね」

「とにかく遠くに行きたくて自転車で走ってたらここに着いたみたい」

「男の子なのは分かりました」

「いっしょにタワーにのぼる約束をしたんだけど、どちらかといえば旅行から帰ってからが大変だったわ」

少しだけ思い出話をしながら自分の高校時代を振り返る。

神奈川へ戻った私は、反省した。とにかく反省した。

何を反省したって、まともな会話ができなかったことを海よりもまだ深く反省した。会話さえちゃんとできていれば名前と連絡先ぐらいは聞けたはずなのだ。それが実際はどうだ。名前は知らないのにネギが好きじゃないことは知っている。なんだそれは、その情報で一体どうしろというのだ。

そんな情けない自分を変えなくてはならない。そう考えた高校生の私は、さっそく行動を起こした。

「それからは生活が一変したわね」

「部活に入って、いろんな人といっぱい話すようにしたとかですか？」

「ひたすら部屋にこもって勉強したわ」

「勉強」

「そう、国数英に歴史と公民」

「ひたすら部屋にこもって」

「そう、邪念を断ったわ」

「なして……」

「例えばテニスが上手《うま》くなりたいからといって、いきなりラケットを振ればいいかといえばそうじゃない。まず必要なのは体力と筋力でしょ？」

「ま、まあ、そうかも？」

なぜ自分は会話が下手なのか。それは自分に自信がないからだ。

なぜ私は自分に自信がないのか。誇れるものがないからだ。

では私が誇れるものは何か。スポーツは元々苦手だし、高二から始めても人並み以上にはなれないだろう。でも勉強はそれなりにできた。ならばそれをさらに研鑽《けんさん》して、誰にも負けない成績をとればきっと自信がつくはず。

「対人関係における筋力とは、すなわち自信。だから私はひたすら勉強して学年一位になったの。全国模試でもランキングに名前が載ったわ」

「最後にそんな結果たちを目の前に並べて、私はついに思うことができたの。自分もやればできるって」

「やりこんどる……」

「友達がいっぱい作れる！」

「そう思ってから二日後が卒業式だったわ」

「一日でお別れにガチ泣きするくらいの友達になるんはちょーっと難しかですね……」

かくして私は、誰と別れを惜しむこともなく大学に進んだ。

勉強のかいあって私一人しか合格しなかった高偏差値の大学。でもそれはつまり、周りも優秀な人が揃《そろ》っているということ。

「勉強ができることを自信にした私は、振り出しに戻ってしまったのよね……」

「それで……?」

「もっと勉強したわ」

「もっと勉強した」

その成果が実を結んで優秀な成績を修めた。提出した論文を読んだマーケティング会社の方が声をかけてくれて就職も決まった。

「新進気鋭の会社で、ほとんどの社員が大企業から引き抜かれた中途採用よ。そんな中で次世代枠として新卒採用された私は」

「勉強したとですね」

「よく分かったわね」

そうして気がついたら今になっていた。

「働いて月五十万もらうのって大変なんやね……」

「どちらかといえば副産物だったのだけど……」

そう考えると、今の人生はこの場所から始まったのだ。少なくともこの半年間は本当に楽しかった。過程がどうであれ、それだけは間違いない。

「それで、結局その子とはタワーのぼったとですか」

「それが熱で寝込んじゃって、待ち合わせ場所に行けなくて……」

「ああ、だから名前も分からんちゃね」

あの名も知らぬ少年との約束は果たすことのできないままだ。

「やったら早乙女《さおとめ》さん、福岡タワーのぼったこと無いん？」

「無いわね」

「せっかくやしのぼってけば？　まだ帰る気分でもないやろ？」

「それは、そうだけど」

「夜景はウチも見たこと無いけど、めっちゃ綺麗《きれい》なんやって」

「でも」

「ええやんええやん」

「クリスマスイブの夜に一人で夜景スポットは拷問だと思うの」

「…………」

「…………」

「う、ウチも行こうかな。将来デートとかで使う可能性もあったりなかったりするかもしれんし……分からんけど……」

「じゃあ、せっかくだから……」

裕夏《ゆうか》ちゃんに背中を押されてタワーに連れ込まれた。そのまま入場券を買ってエレベーターへ。カップルたちに紛れるように乗り込んだところで、裕夏ちゃんが神妙な顔で切り出した。

「ところで早乙女さん、知っとりますか？」

「なにが？」

「ウチ、高いとこムリなんです」

「高所恐怖症ね」

「それです」

「でも、展望台までダメということもないでしょ？　マンションだって城鐘《しろがね》さんの事務所だってそれなりに高いし」

「福岡タワーのエレベーター、外が丸見えのやつなんで」

東京スカイツリーのエレベーターなんかは普通の箱だ。一階で乗り込んで次にドアが開けば展望台に出る。

どうやら、福岡タワーはそうじゃないらしい。

「えっと、それで」

「いってらっしゃい。ごめん！」

裕夏ちゃんが降りた。追いかけることもできないままドアが閉まり出す。

ガラスの扉が閉まり切る直前、裕夏ちゃんが何か言っていた気がした。どうにか口の動きで読み取れたのは四文字だけ。

「がん、ばれ……？」

エレベーターの中、一人で耐えることをだろうか。

そんなことを考えるうちに景色が下へと動き出し、エレベーターは展望台へと向かってゆく。扉が開くと後ろの人らに押し出されるように私は展望台へ転がりでた。

「……！」

舞う雪。

流れる光。

月明かりすらない空に漆黒の海と対比するような、色と光のキャンバスが眼下に広がっていた。

そして、それを背景に。

「あ……」

「夜景、綺麗ですね」

松友《まっとも》さんが、私を待っていた。

第6話・B 『松友さんは見つけたい！』おかえり

「ミオさん大丈夫かな。駅まで歩けないことはないけど暗いし。あの国道、タクシー通ることは通るけど多いかと言われるとな……」

「暴走族なら毎晩通るのにね」

「それは別にいらない」

ミオさんがいなくなった食卓に夕食を並べていたら千裕《ちひろ》姉が戻ってきたので、五人分の膳を準備して味噌汁《みそしる》をよそう。スマホでチャットは送ってみても返事はない。忙しくて見ていないというのなら分かるが、既読スルーなんてミオさんがするのは初めてだ。

「早乙女さん、既読スルーしない派？」

「しない。既読をつけずに読む方法をいくつも知ってる」

「さすが、頭いい」

「頭がいいのが厄介なとこで」

「うん？」

「未読で読んでいる決定的な証拠を摑《つか》ませないから、既読スルーでも気にしなくていいですよって言うタイミングがない」

「さすが、頭いい」

「別に気にしないんだがなー……」

納豆をかき混ぜながらどうしたもんかと思案を巡らす。夕食の献立の希望など聞きたいことなんかは多いが、億のカネを動かすプロジェクトとカレーライスかハヤシライスかを並行して考えてほしくはない。

　千裕姉はその辺まったく気にしないタイプなので気楽に笑っているけども。

「だいたい裕二《ゆうじ》だって既読スルーしない方じゃないの」

「ミオさんほど徹底してないから」

「へえ？」

「実際、今も着信をひとつ後回しにしてる」

「男？　女？」

「一応、女だが」

「ひっど。脈が消えたわね」

「既婚者だ」

「関係ある？」

「あると思ってくれ頼むから」

「で、いいの返事しなくて」

「いいんだよ。親戚の集まりで作るとかいう料理のレシピを聞かれただけだから」

渡瀬《わたらせ》家の方か石島《いしじま》家の方か知らないが、玉子焼きの作り方で緊急ということもあるまい。そもそも気軽にレシピの交換をしあうほど仲良くなった覚えもないのだ。夏の件で少し認識を改めたが、それはそれとして決定的な事実がそこにはある。

俺と渡瀬さんは、普通になんとなくウマが合わないのである。

そう整理して納豆をご飯にかけようとしたところで、ばあちゃんがカタリと箸を置いた。えらく神妙な顔で俺のことを見つめている。

「裕二、折り返しちゃり」

「飯の後でいいじゃないか」

「すぐ。今すぐしなさい。裕二はあんまりそういう機会がなくてピンと来ないかもしれないけれど、下手をすると大変なことになるから」

「大変なことって、例えば？」

「真夏の墓掃除に呼ばれて行ったら、なぜか集合時間になっても自分しか来んかったりするとよ」

「ちょっと電話してくる」

渡瀬さんとはウマが合わない。

ウマが合わないが、それはそれとして令和の真夏はさすがにヤバい。実際にそんなピンポイントな災厄が起きるというわけでないのは分かってる。それでも年寄りの言うことというのは無視したら危ないと、それこそ昭和の昔から相場が決まっているのだ。

「あ、もしもし松友ですが。マ・ツ・ト・モですが」

　もっとも、本当の本当にそんな切迫した状況になんかそうそうなるまい。ここはばあちゃんの顔を立てる意味でかけたようなものだ。さっさと用件を済ませて、ちゃぶ台の上で待っている納豆を納豆ご飯へと進化させよう。

「助かったわよかった間に合った早く教えてどうしてもうまくいかないの教えて早く豆乳をまずどうするんだっけ」

「折り返してよかった」

　状況、切迫していた。いつも「は？　あなたヒモみたいなもんでしょ？」みたいな態度の彼女が、今日びなかなか聞かないくらい焦った声を出している。電話越しにも鉄火場がごとき空気感が伝わってくるようだ。

「ヒモみたいになるのよ！　ヒモみたいに！」

「ヒモを連呼しないでください。いいですか、膜がちぢれてしまうのは作り方よりも取り出し方にコツがあって――」

◆◆◆

「オーケー分かったわ聞きながらやってみるから切らないで」

「電話料金が……」

「一回切る」

待つこと一秒。スマホが鳴ったのでツーコールで出た。お茶を飲む時間すらない。

「もしもし松友です」

「はいじゃあまずお鍋を」

「切羽詰まってるんだなぁ……」

松友家は、もともとそれなりにいいとこのお嬢様だったばあちゃんが駆け落ち同然にじいちゃんとくっついた都合で親戚付き合いが少ない。都会でも田舎でもない土地柄も含め、そういった厄介事とは縁の薄い生活をしてきた。

だから小学校の頃なんかクラスメートが「長野のじいちゃんちでスイカ収穫して電波望遠鏡見てきたんだー」とか言った日には羨ましいことこの上ないもんだったが。大人になった今、彼らにも相応の苦労が待っているのかもしれない。連絡とってないから知らないけど。

「で、火の強さが……もしもしマツモトさん!?」

「弱火三十分枚数無制限再利用は普通に飲むか鍋の出汁《だし》」

「理解が早いのは助かるわ」

「効率最重視」

料理というのは細かいコツの集合体だ。レシピがあれば誰でも作れるというのは正しいようで間違っているのである。

「そう、あとは普通に玉子焼きの要領で、巻く時に一層ずつ加える感じで……そう、はい。ええ、じゃあ。まあ成功を祈ってますよ」

「どうにか間に合いそう。ああそうだ、待ち時間だからついでに言いたいんだけど」

「なんですか。ついでにするくらいの用事なら今度にしてください」

「あなたの妹に、何の脈絡もなくシマエナガのスタンプを送りつけるのはやめなさいと伝えて」

シマエナガ。北海道にすむ鳥綱スズメ目エナガ科エナガ属の小鳥で実は亜種。まっしろふわふわな外見と、寒い雪景色の中を寄り添うように集まる習性から一部で大人気の野鳥である。

「……自分で言っては？」

「返事がシマエナガのスタンプで来るわ」

「愚妹がすみません言い聞かせます。じゃあ」

電話を終えて納豆の元に戻ると、泡が半分くらいになっていた。

小さな悲しみにくれながら、俺は裕夏《ゆうか》が差し出した茶碗《ちゃわん》を受け取っておかわりをよそう。そして返さない。

「兄ちゃん」

「裕夏」

「ご飯ちょうだい」

おかわりを受け付けて返さない。これが裕夏に真面目に話を聞いてもらう上でもっとも有効な方法なのである。

「お前、渡瀬さんとチャットしてるのか?」

「あ、今のって未華子《みかこ》さん? 仲良しよ。よくシマエナガトークしとる」

「向こうもそう思ってるかは割と疑問だぞ」

「シマエナガ送っとるのに……?」

「そのシマエナガへの絶対的な信頼はなんなんだ」

いつだったか、ミオさんはカカポが好きだと言っていた気がする。女性はなぜ丸っこい鳥が好きなのだろう。

「向こうだって忙しいんだ、あんまり迷惑になることをするんじゃないぞ。大人っていうのは厄介に思ってても直接は言いづらいことも多いんだからな」

「でも週イチくらいでいっしょにアプリのウノしとるよ」

週イチでウノ。いっしょに。

「思ったより仲良しだった」

「未華子さん、相当のウノの実力《ウナビリティ》の持ち主。全国レート一四二〇」

「すごさが分からん」

「ウチも教えてもらってだいぶ強くなったけん、たぶん次に東京で早乙女《さおとめ》さんたちとやったら無双すると思う」

「とりあえず、その時のメンバーには決して村崎《むらさき》を加えちゃいけないってことだけはよく分かった」

裕夏に茶碗を返すともりもり食べ始めたので、俺も自分の朝食に手を付ける。早く食わないと自分のぶんがなくなりそうだ。

しかし二人の意外な繋《つな》がりを知ってしまった。もっとも冷静に考えれば、ウノはみんな大好きなのだから渡瀬さんも好きなのは当然といえば当然。まさか妹が弟子入りしているとまでは思わなかったけれども。

と、不意に千裕姉が訝《いぶか》しむような顔をした。

「……ねえ、裕二。未華子さんって、たしか早乙女さんと色々あった人なのよね」

「裕夏から聞いたか？　ミオさんにはいくらか伏せてるけど、その人だ」

「留守電が吹き込まれてたんなら、早乙女さん、それ聞いたんじゃないの……？」

「……あ」

「だから慌てて出ていったんじゃ」

言われてみれば、十分にありうる話だった。なぜすぐに気づかなかったのか。

「それ、そんな気になるん?」

「……気になるさ」

俺と渡瀬さんに繋がりがあるとして。その接点になったのは当然にミオさんだし、共通の話題ももちろんそうだ。

かつて自分といつもいっしょだったけれど離れていった人物と、今自分が少なくない時間をともに過ごしている人物。その二人がどんな会話を交わすのか、ミオさんは想像できない人じゃない。

想像せずにいられるほど器用な人じゃない。

「聞いたと決まったわけじゃないんだから落ち着きなさい」

千裕《ちひろ》姉の言う通り、単に急な仕事だった可能性も十分にある。軽挙は慎むべきといううじいちゃんの言葉もあり、ひとまずミオさんが帰ってくるのを待つことにした。

◆◆◆

結論から言って、やはりというべきか千裕姉の悪い予想が当たったらしい。

ミオさんが出ていったのは夕方だったが、外はすっかり夜の帳《とばり》が下りている。スマホの通知を確かめるがミオさんからは何もなし。既読がついただけの他愛ないメッセージがつらつらと並んでいる。千裕姉も隣で何か送ってくれたらしいが。

「ダメだー。ウチが送っても既読もつかないわ」

とのことだった。

捜しに行くにも手がかりはなし。ネットで言われるほど治安の終わった街ではないとはいえ、そろそろ心配になってきた頃。

不意に、俺のスマホが鳴った。とっさに通話をとって耳に押し当てる。

「もしもし!?」

『死ぬ気で仕事に目処《めど》を立てたぞ。来週明けにはオレも九州やから待っとれ』

ミオさんから連絡は来るだろうか。そう身構えていた俺が、コールと同時に出たのが午後七時。

そして不意打ちで聞こえた元同期の声に思わずちゃぶ台をひっくり返しそうになったのが午後七時一分であった。

「チェンジで」

『おい』

「ミオさんが風邪引いた時にいきなり電話してきた時は、天の助けと思ったりもしたもんだがなぁ」

『泣くぞお前。早乙女さん元気か？』

「……ちょっとな」

土屋《つちや》もミオさんと渡瀬《わたらせ》末華子の件には絡んでいる。事情の通じる相手とみて現状を話したところ、土屋は即座に回答した。

「どう行動したものかってな」

『よし捜せ』

「捜すったって手がかりも何も無いんだぞ。福岡市の広さ知ってるか。人口何人か知ってるか」

『面積三百四十三・三九平方キロメートル、人口百六十二万人』

「そうか、知ってるならいいんだ。闇雲に捜したって見つからないし、行き違いになる確率のほうがずっと高いだろ」

『手がかりなんぞなくても捜せ。闇雲でも動いとれゴマツブくらいの可能性はある。あとは気合や』

「……一理はあるな」

俺にはない発想だ。あてのない行動なんて時間の浪費とも思っていたが、そういう考え方もあるのか。

『あとマッツーお前』

「なんだ」

『反対方向の長崎側に向かった可能性をしれっと排除するんやない』

「それはたぶんだが無い。夜に土地勘の無い田舎に向かうほど無謀な人じゃないから」

『オレの地元に引き寄せられるかもしれんやろうが』

「それは無い」

それは無い。

『救いはないとや……』

「でも言われてみればその通りかもしれん」

『せやろ。長崎いいとこやぞ』

「そっちじゃなく」

とにかく動いてみる。それが必要なことだってある。

「じゃあ、村崎にもよろしく」

『おう、村崎も九州行くかもしれん』

「マジか」

『地元に連れてっちゃろうかと』

「マジか！」

色々聞きたいところだが今は時間がない。

「裕夏、直感勝負だ。お前そういうの強そうだけど捜しに行くか」

電話を切ってコートを羽織ると、俺は横でウノのアプリをやっていた裕夏にも声をかけた。千裕姉もいつの間にか車のキーを持っている。

「行く！」

「で、どう捜す？　手がかりゼロでしょ？」

「本当にゼロってわけじゃないさ」

まず移動手段。これはタクシーか電車、あるいはバスだが……。

ミオさんは迷っている。渡瀬さんと俺が繋がっていた事実をどう呑《の》み込んでよいか分からずにいる……のだと思う。

「だったらこれといった目的地はない。タクシーで『適当に』なんて言えるタイプでもないし、糸島から福岡市の市街地へ向かうタクシー料金はさすがに躊躇《ちゆうちよ》するはずだ」

「……そう？　そりゃ安くはないけど早乙女さんなら」

「ミオさんは神奈川生まれ東京暮らしだからな」

「理解したわ」

「えっ？　えっ？」

「福岡と東京はな、タクシーの料金が天と地ほど違うんだ」

裕夏が追いつけていないのを補足しつつ、まずは一番難しいタクシーを除外する。

「バスも論外」

「初めての人には分からんよね」

「しかも雪とクリスマスで乱れに乱れてるし」

となれば、残るは電車だ。

雪で止まることがあるのはミオさんも知っている。乗るなら早いほうがいいと考えるに違いない。

そうして早めに乗って、糸島市内の駅をスルーして福岡市内へと向かったと考えるのが一番自然だ。

「千裕姉、駅まで頼む！」

「ウチも！」

「送った後、ウチは？」

「普通にミオさんが帰ってくる可能性もある。じいちゃんばあちゃんだけ残すのもなんだし、家で待っててくれ」

「は？　ウチだけ留守番？」

「頼む」

「……そりゃウチより年上で仕事できる女と過ごしてりゃ、姉に物怖《ものお》じすることもなくなるか。はいはい分かったわよ。ご飯あったためる準備でもしておくわよ」

「それはもうしてある。全員揃《そろ》えば十分で食える」

「うっわ、弟が微塵《みじん》も可愛《かわい》くない」

ぶつくさ言いつつ車のエンジンをかけた千裕姉に送ってもらい、俺はひとまずターミナルである博多《はかた》駅へ向かった。

今回、俺とミオさんは仕事に前乗りして観光をするつもりでいた。結果として雪のせいで狂ってしまったが、ある程度の「ここ行ってみたい」という予定はあったのだ。

福岡空港に降り立って。

福岡市営地下鉄空港線に乗り。

博多駅へと到着して、それから始まるはずだった半日ぶんの観光ルート。それがミオさんにとっては一番『迷わない』道のりとみていい。

「裕夏《ゆうか》は裕夏でカンで捜すって言ってたしな」

なら、俺は俺なりの理屈で捜させてもらう。結果としてどっちかが正解を引けばそれでいい。

ミオさんと出会って俺も教わったことがある。

俺の持論はずっと変わらない。『お金があるからといって幸せとは限らないが、お金がないのは不幸』。今もそう思っている。

では、なぜお金がないと不幸なのか。そこの答えを俺はこの半年で知った。

「自分を押し通せないからだ」

ミオさんに転職して、俺はそれまでよりずっと経済的に充実した生活を送れている。だからこそミオさんに夕食を作ったり、毎朝送り出したりできる。

ミオさんが「おかえり」と言うだけの仕事に三十万円も払ったのだって慈善事業でもなんでもない。

自分のためだ。

収入の過半を差し出したのも、人間一人を会社から引き抜くような大事にしたのも、早乙女《さおとめ》ミオという自分を押し通すためだ。

そうまでして自分を押し通した結果が『失敗』。それは自己責任。全ては自分のせい。

ミオさんならそう考えるかもしれないが。

「自分を押し通した先に不幸が待ってましたなんて、そんな映画でもあったら駄作も駄作だ……！」

自分を押し通す。それは自分勝手、好き勝手に生きることじゃない。いろんなリスクや責任を抱えて、それでも幸せを掴《つか》み取るための決意の選択だ。その先にはできるならハッピーエンドがあってほしいじゃないか。

松友裕二《まつともゆうじ》という自分として、そこは押し通したい。

◆◆◆

福岡市内には、観光スポットと呼べるものが少ない。だから行き先を絞れるかといえばそうではなく、東京のように「ひとまずスカイツリーかもしれない」「行くとすれば雷門か」といった目星をつけにくい。

できるだけの心当たりを巡った末、俺は息を切らして立ち止まった。

「やっぱりそう簡単には、か」

思わず天を仰ぐ。薄い手がかりで動き回ってみても無力感ばかりが募ってくる。このまま歩き続けたところでどうなるというのだろう。

「……そういえば」

見上げた先に光るその塔を見て、ふと思い出したことがあった。

「あの時から、だっけ」

十年以上前のことだ。両親が交通事故で亡くなり、紆余《うよ》曲折《きょくせつ》あった末に俺たち兄妹は祖父母に引き取られた。ままならないことも多くて、でも誰が悪いわけでもないのは分かってしまうし、妹の前で感情的に喚《わめ》き散らすようなこともできなくて、たどり着いた結論が家出だった。

たしか、クラスでやるクリスマス会に行けないのがきっかけ……だった気がするが、正直そこはよく覚えてない。

「でも金がなさすぎてな……」

家の金を盗んだりすれば今夜の妹の飯がなくなる。そういうリアルがあった。結局ほぼ一文無しで家を飛び出し、自転車をキコキコこいで……。

そうして疲れた先で、道端にうずくまっていた女子高生を見つけて声をかけたのだ。なんとなく放っておけなくて。

「で、遊びに誘われたけど金持ってないのが恥ずかしくてごまかして……。んで、次の日に約束したけどすっぽかされたんだよな、ははは……」

一世一代の出来事だと思い、恥も外聞もなくじいちゃんに頼み込んで千円だけ貸してもらったのだが。それを姉と妹に見られたせいで未《いま》だに「高校生のお姉さんにフラれた」なんて言われる始末だ。

「あ……」

なんとも踏んだり蹴ったりだなと、そう思いかけて。

あの日。あの場所で出会った人と。

今捜している人。

二人の面影が、不意に重なった。

それからはとにかく急いで、急いで。間近に迫った福岡タワーを改めて見上げてその巨大さに驚く。周囲を見回してもミオさんの姿はなく、もしやと思い上へ。

スマホの通知にもしやと思えば、裕夏から『寒いけん帰る』という自由極まりない連絡をなぜかシマエナガですらなくホトトギスのスタンプつきで受け取って。

「渋いな。なぜホトトギス……」

これで見つからなければ帰ろう。そう思いながらエレベーターの扉が開くのを待つ。開けたらそこに捜し人が、なんて都合のいいことはない。ここもハズレだろうか。

息を切らしながら展望台のガラスに歩み寄り、一人眼下を見下ろす。あの光たちの中にミオさんもいるのかなと、もしもこの場にいっしょにいたのならなんて言おうかなと。そんなことにひとしきりの思いを巡らした後、こんなこと考えたところで意味はないなと自嘲しつつ視線を動かした、その先。

人の流れの中、そこだけが止まって見えるようだった。スーツ姿のミオさんが静かに、小さく「あ……」とだけ声を上げて立っていた。

まだ息も整っていないし、こちらも驚いた、というのは何の言い訳にもなるまいが。

「夜景、綺麗《きれい》ですね」

何ということもなく考えていた面白みもないセリフが、勝手に口をついて出た。

第7話『早乙女さんは知りたい♪』おかえり

「……夜景、綺麗ですよね」

「……そうだね」

福岡市を一望できる展望台で二人並んで夜景を見下ろす。高層ビルを建てられないために高さでなく広さで発展した街。その歴史が生み出すのは、地平線までも煌々《こうこう》と輝く唯一無二の光景だった。街中に点在するイルミネーションはビルの合間すら照らし、その中を国道の車列が天河のように流れてゆく。

会話にいちいち数秒の間が空く。周りを囲むカップルたちの中、俺たち二人だけ一歩分ほど距離がある。

「……あの光ひとつひとつが人の営みと思うと、人間ってすごいですよね」

「……そうだね。松友さんちはどれかな?」

「……反対側ですね」

「……そっか」

何から話すべきだろう。渡瀬《わたらせ》さんとのこと、十二年前のこと……どちらを先にすべきか、それを考えながら他愛もない会話を続けている。

あの日、俺とあの人は福岡タワーで会う約束をした。そしてそれは果たされることなく終わり、俺の思い出として残っている。

ミオさんは、覚えているだろうか。俺との出会いを。俺との約束を。

「いや、その前に……」

順序としてはもっと重要な問題がある。

そもそもミオさんだったのだろうか、あの人は。

いなくなったミオさんを捜した末、約束の場所で出会うことができた。なんとなく運命的なものを感じてはいる。いるのだが。

冷静に考えると、昔の約束をした場所で再会した感じにはなっていても、絶対にそうだという確証はないのである。

「いや、これ、どうしたもんか……」

繰り返しにはなるが、福岡市内には観光スポットが少ない。雪のちらつく夜間ともなればなおさらだ。そんな中でほぼ唯一、圧倒的な知名度と存在感を持つのがこのランドマークたる福岡タワーなのである。あてどなくさまよっていた人が行き先に迷い、ふとした気まぐれに足を運ぶ……。そんな場所としてはむしろ鉄板。なんなら、出会える確率が最も高かった場所の一つと言っても過言ではない。

ここで運命とかいう曖昧なものを信じ、あのお姉さんがミオさんだった体で話すなど、とてもじゃないができはしない。この世界の理を支配するのは運命などではない。そこにあるのは純然たる確率論なのだから。

「……松友さん、どうかした?」

「……この前、夏は海で秋は山だったから、冬は空だねなんて話をしましたけど」

「したね」

「これ、ある意味ほんとに空だなと」

「……たしかに」

会話を続けつつ当時の記憶を呼び起こす。

あの人は、年上のお姉さんだった女性は、どんな人だっただろうか。

顔つきは幼く自信なさげで、メガネも相まって今のミオさんよりも地味な印象だった。それでもなおミオさんだといえる風貌をしていたように思う。声については、どうだろうか。

これは以前にミオさんが言っていたことだが、人間が誰かを忘れる時はまず『声』から忘れるらしい。

十年以上も前、少し話したきりの相手の声。覚えているつもりでもいささか怪しい。

となればやはり、今の優先事項は渡瀬さんとのことだ。俺がどういう経緯で彼女と知り合い、レシピの交換をする間柄に至ったのか。それを包み隠さず話す方が先だ。

「渡瀬さんとのことですが」

「……玉子焼き。再現するのにみかちゃんが手伝ってくれたんだってね」

「ええ。黙っていてすみません」

「黙ってた理由は知ってるから。……なんでとは言わないんだけどね」

「裕夏《ゆうか》ですね」

「……なんでとは言わないんだけどね？」

「あ、はい」

消去法的に裕夏しかいないのだが、ミオさんは伏せるつもりのようなのでここは流しておく。

「でも、手伝ってくれた理由は分からなくて。松友さんが頼んでくれたんだとしても、じゃあなんでそんなお願いができるほど、二人は私の知らないうちに仲良くなってたんだろうって思ったら分からなくて」

ミオさんは落ち着いて話しているが、心中穏やかではないに違いない。

そうだろう。あの事件、『あーちゃん』の件はミオさんにとって自分の人生を一変させたものだ。傍《はた》から見れば子供がぬいぐるみを隠しあっただけの些細《ささい》なケンカだろう。だが些細かそうでないかを決めるのはあくまで本人たちだ。

少なくともミオさんと渡瀬さんの二人にとって、あの一件は決定的で致命的なものだった。それはどちらの話を聞いていても分かっている。

「俺が本人から聞いた範囲にはなりますが」

「うん」

「ミオさんをいじめていたグループから、標的にされるか寝返るか選ぶよう強要されたと聞いています」

「そう、だったんだ」

「そのことを引きずっていたところに俺が声をかけた。言ってしまえばそれだけのことです」

天神の方、一番明るい一帯を見つめながらミオさんは昔を思い出している。

「当時は、そこまで考えが及ばなかったけれど。私にとって友達はみかちゃんだけだったけど、みかちゃんは私以外の友達もいっぱいいて。その中の一人だったってことよね。よくある話だと思う」

肯定も否定も無責任にはしない。過去のことは俺には分からない。

俺から言えるのはただひとつ。

「俺にとって、ミオさんは一人だけですよ」

「……ありがとう」

　型通りの反応。

　当たり前だ。こんな言葉が信じられる人なら、きっと最初から俺たちの関係など始まっていないのだから。

「夜景、綺麗ですね」

「……そうだね」

「ミオさんは、福岡タワーは初めてですか」

「のぼるのは初めて、かな」

　視線を下げる。その先にはショッピングモールがイルミネーションに煌《きら》めいている。

「足元までは来たことが？」

「高校の時にね」

　高校時代。時期的には合致する。

「その時にはのぼらなかったんですね」

「のぼるはずだった日に風邪をひいちゃって寝込んでたの。いっしょにのぼる約束をしてた相手もいたんだけど……。結局、約束も守れなかったわ」

「それは……」

「松友《まつとも》さんは地元だからのぼったことあるの？」

「小学校の時にのぼる予定があったんですが、約束していた相手が来なくって。そのままなんとなく寄り付かなくなって、結局のぼらずじまいでした」

「そっか」

「相手は年上、高校生のお姉さんでした。裕夏が前に言ってませんでしたか？　俺が高校生にフラれたことがある、って」

「あ……！」

「笑っちゃいますよね。実際、僕と付き合ってくださいって本気で言うつもりだったんですよ、俺」

　ミオさんが何を思うかは分からない。ただ、きっと互いに確信している。

　あの日の約束をした相手は今、隣にいると。

「ここってさ。有名なデートスポットなんだよね」

「そうですが……？」

「周りの人たち、みんな幸せそうだよね」

「ええ」

「私は誰かに恋されるような人間じゃないから、分からないんだ」

「そん……いえ」

　そんなことはない、というのは簡単だ。

簡単なだけで、意味などない。

恋とは何かなんて分からないけれど、ひとつ言えることはある。自分は誰にも好かれることがない、そう思っている人間が、誰かに恋い焦がれることはできないはずだ。

意中の相手が手に入らないというのは苦しいと同時に恋の醍醐味《だいごみ》とすら言えるだろう。手に入らないからこそ未来を空想し、時にそれが実現することに幸せがある。時にそのために努力し、時に誰かが手にした未来に嫉妬し羨望する。

だがそれは、わずかでも自分が誰かに好かれる姿を想像できるからこそのものだ。

意中の相手が自分を見ていることをイメージすらできない。

相手が自分を嫌っているとしか思えない。

金銭でしか繋《つな》がりを感じられない。

そんな恋が、成立するものか。

「考えてはいたんだ。きっと松友さんもいつか誰かと結婚してどこかへ行くんだろうなって。それはごく当たり前のことで、今の生活が一生続くなんてありえない」

「ミオさん？」

「なんとなく分かってはいたんだけど、今回松友さんの彼女のフリしてみたりして……。実感したら思ったより効いたかもしれないなって」

この人の中の時間は、きっと子供のままで止まっている。恋に焦がれ、相手の一挙一動に目を奪われ、言葉のひとつひとつに心を動かされる。そんな青臭く純粋な『恋』が早乙《さおと》女《め》ミオという女性の知る全てなのだろう。

俺にそれができるかと問われれば、分からない。同じ家で過ごしている以上、かっこよくてきれいな外面だけ知っているわけじゃない。むしろ彼女が外の世界で突っ張っている分の振れ幅を受けとめている自覚はある。

そこに『恋』を抱けるか。

そんなものは分からない。分からないが、それでいい。分かったとして言葉で語ることにすら何の意味があるだろう。

俺の答えは、たったひとつだ。

「貴方《あなた》を幸せにする男は、貴方に恋した人間じゃないとダメですか?」

「……へ?」

「ダメ、ですか?」

この感情は恋と呼ぶにはあまりに無機質で、事務的で、もっといえば月三十万というお金で支えられているだけのものだけれど。それでも、これは本音だ。

「俺はミオさんに幸せになってもらいたいし、できるなら俺の手でそうしたい。そのためには恋をしていないといけないですか」

「それは……ダメ、ってことは、でも、いつまでもってわけには」

「暫定四十年くらいでどうですか」

「……四十年？」

数字の意味を思案すること、三秒。

「定年退職……！」

その時点の俺、六十四歳。

「退職年齢も引き上げられつつある昨今ですが、ひとまずということで」

「いいの……？」

「崩壊して久しい日本の終身雇用です。願ったり叶《かな》ったり、とはこのことですよ」

「じゃ、じゃあ、よろしく、お願いします。お願いします！」

「はい、喜んで……あれ？」

拍手である。

展望台で拍手喝采が起きている。何かあったのかと思ったが、どうやら向けられているのは俺たちのようだ。

「……あー」

「……あー」

日時、クリスマスイブの夜。

場所、福岡タワー展望台。地上百二十三メートルの絶景オブ夜景。

『よろしく、お願いします』

『はい、喜んで』

ミオさんが大きい声を出して周りに聞こえてしまったのだとは思うのだが。

周りから何かを勘違いされたらしい。こういうのに疎そうなミオさんもさすがに理解したようで、額から一筋の汗が流れ落ちた。

「松友さん、どうする？」

どうするもこうするも。さすがにこの空気、この祝福ムードで『決まったのは雇用の延長です』とは言えまい。めでたいことには違いないのだし、ここは善意だけありがたく受け取ることにしておく。

「時にミオさん、檀道済《たんどうさい》って知ってますか」

「中国、宋《そう》代の偉人ね」

「さすがです」

檀道済。五世紀ごろの武将で、宋の建国者である劉裕《りゅうゆう》を支えた人物の一人だ。

名前を知る人はさほど多くない人物だと思う。だが彼の遺《のこ》した言葉はあまりに有名で、おそらく日本人の九十九パーセントが一度は聞いたことがあるはずだ。

「つまりそういうことね」

「ええ」

檀道済が後世の俺たちに送る、人生においてとても大事なこの名言。

「三十六計」

「逃げるに如《し》かず！」

「エレベーターあっち！」

「焦らず急ぐ！」

そそくさとエレベーターへ向かい、一気に地上階へ。自動ドアを出るとたちまち冬の寒風が吹き抜ける。思わず肩を寄せ合ったりもしつつ、積もり出した新雪に足跡をつけるように我先にと飛び出した。

「脱出完了！　万が一ってことがあるからね……」

「うっかり深く聞かれたりしたらどうなったか分かりませんからね」

「戦術的撤退は大事」

「全くです」

雪化粧をまとい始めたばかりの街を歩き出す。それとなく手を絡めつつ、音の消えてゆく空を二人並んで見上げると、二人ぶんの白い息が玄界灘《げんかいなだ》からの海風にさらわれて消えていった。

「ホワイトクリスマス。福岡だと珍しいんですよ」

「街の方も、うっすらだけど積もりだしてるね」

いつもどおりの街に、ほんの少しばかりの雪景色。俺たちが歩くにはおあつらえ向きの景色、なのかもしれない。

「ところで松友《まつとも》さん」

「なんですか？」

「ホワイトクリスマスってロマンチックだけど」

「ええ」

街の様子をじっと見つめながら、ミオさんが小さく震える瞳で俺を見上げた。

「福岡って、積雪しちゃうと交通がマヒするんだよね……？」

「といっても平時ならダイヤが乱れる程度です。時間はかかりますが目的地に着けますよ。平時なら」

「クリスマスイブの人出だからね」

「ええ」

現在地は福岡タワー前。時刻は夜九時になろうかというところ。

俺たちはこれから糸島市の松友家へ帰らなくてはならないのである。

「帰りの足、どうしようか……」

「どうしましょうね……」

とりあえずミオさんと会えたことを連絡しておこう。そう考えて取り出したスマホに、気づかないうちにメッセージが送られてきていた。

「ミオさん、千裕《ちひろ》姉がもうすぐ着くそうです」

「車で迎えに来てくれるってこと？」

「三十分前には家を出ていたそうです」

「早い」

「裕夏《ゆうか》が先読みしていたみたいで。俺がミオさんをここで見つけて、しかも雪で帰れなくなるところまで読んでいたのか……!?」

雪は夕方から降り出していたから分かるとしても、ミオさんと出会う場所まで言い当てるとは。直感というのは侮れないですねとミオさんに言ってみたら、なぜか曖昧な顔で笑い返された。

◆◆◆

「大変お騒がせしました……」

「早乙女さん早く早く！」

松友家に帰ってきたミオさんが深々と頭を下げるが、松友家は正直言ってそれどころじゃないとばかりにミオさんを家に引っ張り込んだ。

「えっえっ？」

「裕夏、時間は!?」

「九時五十八分！」

「よし！」

ミオさんを引っ張って居間へ。先に支度を始めていたばあちゃんを手伝って大急ぎで食卓の準備をする。

「えっえっえっ」

「詳しい説明は省きますが、松友家では毎年クリスマスイブの夜十時からの特番を見るのが年中行事なんです」

「そ、そうなんだ……。あるんだね、そういう家庭ごとの習慣みたいな」

ギリギリで番組開始に間に合い、ふうと一息。

テーブルには地元のケーキ屋で買ってきたのだろう、どこか懐かしいケーキが載っている。

「では、落ち着いたところで」

一家全員で。

「ミオさん、おかえりなさい」

ようやく、松友家のクリスマスイブが始まった。

ちなみにこれは後日、たまたま調べごとをしていて知ったことだが。花に花言葉、宝石に宝石言葉があるように、鳥にも鳥言葉というのがあるらしい。

裕夏から送られてきたホトトギスの鳥言葉は『兄弟愛』、なのだとか。

第8話『早乙女さんは仕留めたい』おかえり

「今日はクリスマス、ね」

「そうですね」

ミオさんと松友家で迎えた朝。肌寒くも爽やかな朝は、一面の雪景色に覆われていた。

「つまり仕事よ」

「平日ですからね」

「そう平日。そしてラストチャンス……！」

そう、クリスマスは平日。具体的には水曜日。誕生日に言っていた通り、ミオさんは仕事である。

出張の日程や先方の都合もあり、ミオさんは今日には話をまとめないと案件が来年にもつれこんで大幅な遅延が起きることが確定してしまうらしい。

緊張した面持ちのミオさん。その隣で納豆をかき混ぜていた千裕姉だったが、ふと何かを思い出したように手を止めた。

「ねえねえ、言える範囲か分かんないんだけどさ」

「どうした姉ちゃん」

「早乙女さんがなかなか話を通せずにいる相手って、唐津の有力者なんだよね？」

「ええ、いわゆる地元の名士みたいな方で、佐賀県内のほとんどの地所や役所に関係者がいるとかいないとか」

　ミオさんにとって未知の世界なのだろう、未《いま》だ困惑している様子が見て取れる。

　田舎の名士というのは地域の絶対者だ。ちょっと金を持っているだとか意見が通りやすいだとか、そんな生ぬるい次元ではない。地域社会のあらゆる場所にツテと影響力を持ち、もし目をつけられれば誇張抜きに買い物もできなければゴミを捨てに行くことすらできなくなる。

　お金を払えばものを買えて、役所に書類を出せば手続きが終わる。そんな『当たり前』が通用しない世界がそこにはあるのだ。

「もっともご本人じゃなくて、その秘書だって方が応対されているけれど」

「クジラになかなかたどり着けないって言ってましたね」

「こっちの話にそれなりのメリットがあることは分かってもらえてるはずだから、今日はいかに本気かを数字じゃなくて対面で見せるつもりで行くわ。それで秘書さんを納得させられてやっとご本人って感じになるから、もう最後の賭けね……」

「そのクジラさん、おばあちゃんの親戚じゃないの？」

「は？」

「おばあちゃん、唐津の人だし」

　ばあちゃんの過去について俺はそこまで詳しいわけじゃない。唐津のいいところのお嬢さんで、いろいろあってじいちゃんとくっついて今は隣の糸島市に住んでいるとは聞いているが、それくらいだ。

「地方にそんないいとこの家、十個も二十個もありゃしないでしょ。あったってだいたい親戚同士よ、ああいうのは」

「だからってそんなピンポイントな……」

「おばあちゃーん。ちょっと聞いていい？」

　まさかそんなと思いつつ、千裕姉は聞くだけタダだとばあちゃんを呼びに行った。手を引かれてきたばあちゃんに、ミオさんが「まあ、名前くらいなら教えても守秘義務違反には……」と耳打ちしたところ。

　ばあちゃんは「あら」と口元を押さえて一言。

「従姉妹《いとこ》のしぃちゃんだわ」

「しぃちゃん」

「従姉妹の」

「あの親分みたいな人を『しぃちゃん』……!?」

　思わぬところに接点があったが、これは果たして吉か凶か。

「逆にマズイんじゃないか?」

「兄ちゃんなして?」

「そりゃお前、ほとんど喧嘩《けんか》別れした親族の関係者だぞ。バレたら余計にこじれるかもしれないだろ」

「不謹慎なこと言ってよか?」

「……言ってみろ」

「それ文句言っとった人、たぶんもう全員死んどるよ」

「ごめんなさいしなさい」

「ごめんなさい」

実際は話が引き継がれているはずだから、当時を知る人がいないからといって大丈夫とは限らない。とはいえ、という考えも千裕姉が口にする。

「言ってももう半世紀前の話だし」

「うーん……。ミオさん、どう思います?」

「おばあ様、お話だけよろしいですか」

「ミオさん?」

「知ってる? 松友さん」

「何をですか」

「茨道《いばらみち》でも道は道よ」

ミオさんは今回のことを『うさぎが川をマングローブにしようとしたら、沖のクジラが怒った』と表現していた。

おそらくしぃちゃんさんとやらがクジラなのだろう。そこに至る道筋は、たしかに今はこれしかない。

「……沖合のクジラまで泳いでいくよりはマシ、か」

「もちろんおばあ様の都合もあるでしょうけど……。やはり半世紀の因縁ともなればそう簡単には」

「いいですよ？」

「やはりそうですよね。分かりまいいんですか？」

「どこかでもう一度くらいは顔を見ておきたいと思ってたし。ちょうどいいから暮れのご挨拶にいきましょうか」

「この良すぎる思い切りが、じいちゃんとの逃避行に繋《つな》がったんだろうなぁ……」

◆◆◆

「……しぃちゃんさんの家ってここ、なんだよな」

「ほんとに？　あのずーっと向こうにうっすら見える普通の家じゃなくて？　ほんとにここ？」

「あっちは若い方たちが寝泊まりする詰め所だったかしら。三十年以上も前に見たっきりだけれど、ぜんぜん建て替えてないのねぇ。ちゃんとクーラーついてるのか心配だわー」

でかい。

虹の松原と呼ばれる松の防風林から少し外れた場所に、その家はあった。

「地図で見た感じ八百坪くらいあるらしい」

「ウチがいくつ入るのよ、それ……」

「四十軒くらいだな……」

訂正する。

虹の松原と呼ばれる松の防風林から少し外れた場所に、その屋敷はあった。またはその豪邸はあった。これが親戚って、ばあちゃんの実家の『ちょっといいとこ』はどういうレベルなのだろう。

「おばあちゃん、あの門につけていいの？」

「ええ、駐車場には入れてくれるから貴重品だけ持っていってね」

「入れてくれる……？」

真っ白な長い塀に沿って走り、見つけた正門に車を横付けした。白の軽自動車がいつも以上に小さく見える。

　ここからどうしたものか、考える間もなく門の通用口が開いた。

「いらっしゃいませ、イヨ様!!」

「ご無沙汰しております!!」

「我ら一同、お待ち申し上げておりました!!」

　隣で千裕《ちひろ》姉が「ひっ」と声を上げて身を固くした。ミオさんはまっすぐ立ってこそいるが冷や汗が顔を伝っている。

「大きい家とは伺ってたけど、使用人みたいな人がいるレベルだったの……?」

「今って何時代でしたっけね……」

　入れてくれる、で予想はしていたが。ガタイのいいお兄さん三人が、後部座席のばあちゃんに向かって頭を下げている。全員白シャツに坊主頭で、お辞儀は見事に九十度だ。

「あらケンちゃん、出迎えご苦労さま。急でごめんなさいね」

「とんでもございません! ともかく、寒風がお体に障りますのでまずは中へどうぞ!」

　顔なじみ、なんだろうか。とりあえず悪い人ではなさそうで安心した。

「しぃちゃんは?」

「中におられます。外出のご予定だったのですが、雪で取りやめになりまして」

「そう。不幸中の幸いね」

お兄さんに差し出された傘に入りながら、ばあちゃんは慣れた様子で車を降りた。

俺と千裕姉も同じように続く。お兄さんに運転された車を見送りつつ、立派な木の門をくぐった。

砂利が敷かれた庭を抜けて玄関を上がると、壁に飾られた水墨画や達筆の掛け軸がいちいちものものしい。

「千裕、裕二《ゆうじ》、びっくりした？」

廊下を進みながら、ばあちゃんは小さく笑って訊《き》いてきた。

もともと姿勢のいい人だけど、今日は和服のせいかいっそうぴんと背筋が伸びている。

「びっくりっていうか、ドッキリしたわ」

「俺もだよ……。この際だからはっきり確認するけど、ここはどういう稼業のお宅なんだ？」

「やあね、暴力団とでも思ったの？　ただの地主よ？」

「地主って、この辺りの？」

「そう、ここからあっちのお山くらいまでだったかしら。江戸時代にはもっと広かったらしいけど、ＧＨＱにだいぶ持っていかれちゃって」

「……ああ、そういう」

なんとなく、背景は分かってきた。

「裕二、私にも分かるように説明して……？」

「歴史で習ったろ」

「過去を」

「『過去を振り返らない女だから』は、あまりにも手垢《てあか》がつきすぎてるぞ千裕姉」

「…………」

「まあ要するに、農地改革の遺産なんだろう」

戦後、ＧＨＱ主導で大地主の土地を小作人に分け与える『農地改革』が行われた。

それを境に、それまでの主従関係のような小作農システムは日本からなくなった……のだが。

「人間関係ってのはそこまで単純じゃない。姉ちゃんだって今のホテルを辞めたとして、いきなり社長にタメ口きいたりはできな……できそうだな。すまん」

「なんで謝られてるの、私」

「とにかく、農地改革を経ても元・地主と元・小作農の間に力関係は残ったんだと思う。日本はもともと御恩と奉公の文化だしな」

ここもそういった『地元の有力者』なのだろう。

もともと小作人だった人たちが今でもお世話を焼いている例が実際にあるとネットで読んだ記憶があるが、まさかこんな身近に実在したとは。

「じゃあ、ケンちゃ……ケンさんも？　元はここから土地を借りてた人の子孫ってこと？」

先導するケンさんに聞こえないよう千裕姉が小声で尋ねると、ばあちゃんは背筋を伸ばして前を向いたまま小さく頷《うなず》いた。

「ケンちゃん、うちの孫がケンちゃんのことを聞きたいって」

「おばあちゃん!?」

「はい！　武骨者ゆえ面白かこととも言えんですが、なんなりと！」

「ぶぇ、え、好きな食べ物は……？」

「玉子焼きの甘いのです！」

「お、おいしいですよね。おほほ」

「お嬢さんもお好きですか！　奇遇ですね！」

混乱した千裕姉が無難な質問を繰り出すうち、墨絵に箔押《はくお》しのふすまの前でケンさんの足が止まった。

「こちらです」

「千裕、裕二。敷居と畳の縁《へり》は踏んだらダメ。話の間は男はどっしりと、女はしとやかに座っておくこと。それだけ覚えておきなさい」

「え、う、うん」

初めてだ。

ここにきて初めて、ばあちゃんが少し緊張した声を出した。

「奥様、お客様がお見えです」

「……入りなさい」

中から、しわがれた女性の声。

ケンさんが開いてくれたふすまをくぐると、灯りは乏しく中は薄暗い。内装からして広めの茶室、なんだろうか。

茶釜の沸くいろりの向こうに目を向けると、人影。

朱色の和服に身を包んだ女性が、こちらに横顔を見せてしんと座っていた。歳《とし》はばあちゃんと同じくらい、だろうか。

「ご無沙汰しております」

ばあちゃんが頭を下げて挨拶する。返事はない。

「……健一《けんいち》」

「は、はい！」

「なぜ、部外者がここに？」

健一、というのはケンさんのことだろう。

なら部外者、とは。

「はい、イヨ様が過去に家を出られたことは存じておりますが、とはいえ血を分けた親類には相違ございません。門は開いて差し上げるのが筋かと思いお通ししました」

「そう。分かっていてやったのね」

「はい」

「なら代わりに、お前がこの家の門を出なさい」

「はっ？」

そこで、ようやく。

老女の目がこちらに向いた。

「江戸の昔から我が家に仕えた家系も落ちたものね」

そう、目はこちらを向いた。向いたが、向いただけだ。

ふう、と溜息《ためいき》をつきながらケンさんを見据える目は、人間を見るそれではない。

「お、お待ちを奥様！　私は悪気があったわけではなく……」

「悪気もなしにこのようなことができるから問題なのです。二度同じことを言わせないで頂戴」

「……はい。父祖の代より、長らくお世話になりました。これにて失礼致します」

「ええ、ご苦労さま」

家の力。血筋の力。

現代日本人の多くは、もう体感することのない力。それを、俺たちは目の当たりにしていた。

「ひどい……」

千裕姉が横で小さく呟《つぶや》いたことに、俺も同意する。だが、ここで俺たちが何を言ったところで事態を悪化させるだけなのは明白。

動けるとすれば、ただ一人。

「お待ちなさいな。私が無理を言ったのに、健一さんばかりを責めるのは酷でしょう？」

ケンさんが部屋を出ようとする間際、黙って見守っていたばあちゃんが口を開いた。

「おやイヨさん。縁を切ったはずの貴方《あなた》がうちのことにまで口を出すだなんて。いつお許しがいただけたのかしらおめでとう」

「あら、いけない私ったら。でもご覧なさいな。大きなケンちゃんがあんなにちぢこまっちゃって。気の毒で見ちゃいられないもの」

「なら見なければいいじゃない。勝手に見に来たのはそちらでしょう」

とりつく島もない、という感じだ。視線をこちらに向けること自体が稀《まれ》なようではコミュニケーションのとりようもない。ミオさんが最終的に口説き落とさないといけない相手がこれとは、それは難航もするはずだ。

ばあちゃんは小さく苦笑いすると、改めて出ていこうとしたケンさんに声をかけた。

「ああケンちゃん、ここやっぱり寒いわぁ。お茶持ってきてくださらない？」

ないって」


「あ、はい！……はい？」

「イヨさん、その男は今しがた解雇したところで」

「もうしぃちゃんってば。昔からそうやってお家の人を追い出しては、後でどう謝ろうか悩むんだから。懐かしいわねぇ、二人でおでこを付き合わせて、ああでもない、こうでもないって」

……なんだって？

「……昔の話です」

間を開けてからそれだけ言って、また目を逸《そ》らした。

「それでね、聞いてくださいな」

「聞きません」

「そんなこと言わないで」

「まったく、相変わらず何を考えているのか分からない人だこと。年賀状もろくに寄越《よこ》さないくせに、困った時には何度も何度も」

「何度もは大げさよー。まだ二回目じゃない」

「似たようなものよ」

「それにねぇ、今日は別に何かしてもらおうってわけじゃないのよ。旧交を温めるついでに、孫たちを紹介したくって。そのついでにちょーっとこちらのお嬢さんのお話も……」

「勝手に話しても無駄です。お断りします」

即答。

「どうしても？」

「どうしても、です。あの時のことを忘れたとは言わせませんよ？」

あの時、と言った。

おそらく、過去にばあちゃんが家を飛び出した辺りのことだ。俺たち孫も詳しくは教えてもらったことはないが……。

「おばあちゃん、あの時って……？」

それを聞かないことには話についていけないと見てか。

黙っていた千裕《ちひろ》姉が口を挟んだ。

「孫にも話していないのね。後ろ暗いのかしら？」

「だってどう話しても大げさになっちゃうんだもの」

「『大げさ』？　漁師の救助のために、当家から三百人も動員したことを『どう話しても大げさ』？」

「……ばあちゃん、三百人って」

「もう五十年くらいは前になるかしら。ちょうどこんな雪の日だったわ。おじいちゃんの乗った漁船が転覆しちゃったの」

「なんでそんな日に海に出たのよ……」

「ちょうどあなたたちのお父さんが生まれようか、って頃だったの。少しでも稼ごうと無理したら、新聞やラジオの予報よりずっと早く海が荒れだしたんですって」

「なんて無茶な……」

「でもすごかったわよー？　大船が沖にいくつも並んで、海岸には揃《そろ》いの法被をきた男衆が篝火《かがりび》を焚《た》き続けて……」

「ついでに助けた密入国者が海岸に並べられたところは壮観だったわね。もう見たくないわ」

「密入国者」

それは確かにどう話しても大げさになる。というか普通に大ごとすぎる。

「遺産の前借りとして許したけど、二度と御免よ。それに貴方、あの時なんて言ったか覚えてらっしゃらない？」

「一生のお願いって言ったわね」

「……それを自分で答える度胸だけは見習いたいところね」

「でもしぃちゃん、今は老後をセカンド・ライフって呼ぶのよ？　二度目の人生、って意味なんですって」

人生が二度目に入ったから一生のお願いももう一回できると言いたいらしい。

さすがにそれは通らないらしく、相手は首を横に振る。

「せかんどだかなんだか知りませんが、無理なものは無理です。貴方に貸す耳はありません」

「そんな硬いこと言わないで」

「話はお仕舞いです。お引き取りください」

「そうだしぃちゃん、お土産のお菓子があるのだけどいかが？」

「後で家の者に渡してくださいな」

押せばいけるかと思ったが、やはり長年のわだかまりは簡単には解けないらしい。これではミオさんとの面通しも無理、むしろ逆効果だったかもしれない。

重苦しい空気の中、廊下からパタパタと足音が近づいてくるのが聞こえた。

「ケンさん、ほうじ茶は淹《い》れ方で全然味が違うんですよ！」

「すみません、まだ勘所が分からなくて」

「早く覚えないと、今は男の人でもお茶くらい淹れられないとモテません！」

「すみませんすみません」

なんだろう、あのゴツいケンさんの声は分かるが、もう一人女性の声がする。完全にケンさんが尻に敷かれているが、この声、どことなく聞き覚えがあるような。

そう思っていたら、ふすまがからりと開いた。

「奥様、お茶をお持ちしました」

「廊下で話すなら声を落としなさい。聞こえていましたよ」

「あ、またやっちゃいました」

カラッとした女性、という印象だ。黒髪を簡単に束ねた小柄な女性で、年の頃は俺と同じ、くらい……？

俺と目が合った途端、向こうが先に口を開いた。

「……松友《まつとも》くん!?」

「龍崎《りゅうざき》さん!?」

中学の頃、千葉から転校してきた龍崎さん。不慣れな土地を案内してあげたりした縁で、向こうからは「こっちの女子は強い」ということを教わったりもした相手だ。

家の都合で親戚のところへ引っ越してきた、とは聞いていたが。

「親戚って、ここだったのか……？」

「なんで松友くんがここに？」

ここで、すかさずばあちゃんが割って入った。

「裕二《ゆうじ》のお友達？　実はねぇ、私はここの奥さんとは従姉妹《いとこ》でお友達だったのだけど、いろいろあって仲違《なかたが》いしちゃったの。それで仲直りしにきたんだけどなかなかねぇ」

言い方がズルい。ズルいぞばあちゃん。

「またですか奥様！　いろんな人とそうやって喧嘩《けんか》別れしては、こっちから謝るにも向こうが謝りに来るにも四苦八苦するんですから」

「貴方には関係ありません」

「人の縁は宝！　こうして来てくださったんですから、ひとまず腹を割ってお話しくださいな！　私が奥様の代わりに何人呼び戻したことか……」

「ぐっ……」

すごい、あの人が押されてる。

龍崎さん、こっちに引っ越してすぐは「九州の女子は強い、怖い」なんて言っていたというのに。いつの間にかめちゃくちゃ染まっている。

「奥様！　私からもお願いします！」

「ケンさん？」

龍崎さんの後ろにいたケンさんが急に頭を下げた。

「健一《けんいち》、ずいぶんとイヨさんのかたを持つのね。なぜ？」

それは俺も気になっていた。なぜ離縁したはずのばあちゃんが、家中のケンさんと顔見知りな様子だったのか。

「おはぎでございます」

「は？　おはぎってあの、おはぎ？」

「はい」

「イヨさんを家に上げ、そうやって頭を下げてるのが、おはぎひとつもらったから？」

「ひとつではございません。百個です」

百。盆と暮れだから二で割って五十年。

さっき聞いた覚えのある数字だ。たしか、じいちゃんを救助してもらったのが五十年前だったはず。

「我々若い衆は毎年の盆と暮れ、奥様方が墓参りをされる前に掃除や草むしりを行います」

「え、ええ」

「イヨ様は毎年、おはぎとお茶を差し入れてくださるのです。旦那様を助けたお礼にと」

「五十年間ずっと？」

「はい、我々に代替わりした今も、毎年欠かさずに」

「あの時は助ける方も命懸けだったもの。これくらいするのは当然ですよ」

「そんな……」

奥さんも知らなかったことらしい。

考え込んだところに、廊下をバタバタと走る音が近づいてきた。

「奥様、俺たちからもお願いします！」

「親の代はともかく、俺たちこのままじゃただの大食らいなんです！」

ケンさんの隣に、さらに二人の頭が並ぶ。門で出迎えてくれた人たちだ。

「……イヨさんの口ぶりからして、本命はそっちのスーツの方でしょう？」

「……はい！」

不意な振りだったが、ミオさんは背筋をまっすぐに伸ばしたまま答えた。

「格好から見てお仕事のお話……。私は小難しい数字を並べられても知りません。秘書でも誰でも呼びますからそちらにお話を」

「はい？」

「いえ、奥様。私は数字でも儲《もう》けでもなく、身勝手を言うために参りました」

「なぜお話がまとまらないか。それは私たちに礼儀がなっていなかったからです。数字や儲けの話ばかりして、肝心なことを伝え忘れていました」

「というと？」

東京からやってきたどこともしれない会社の人間が、自分の土地で何やらやろうとしている。話を聞くに損はないらしい。

それで通じるなら苦労はないのだ。まず伝えるべきは。

「私が、どれだけ本気でこのお仕事をやっているかということを、です」

「くうだらない。それが私と何の関係が？」

「聞いていただければ分かります」

「……貴方《あなた》、お名前は？」

「申し遅れました。早乙女《さおとめ》ミオと申します」

仕事の話ということで、いったん俺たちは部屋を出た。ミオさんが中にいた時間はさほど長くはなく、ばあちゃんが持参したお菓子を皆で食べ終わる頃には出てきた。

結果については聞いていない。守秘義務があるから。

それでも、決して無駄な時間でなかったことは、ミオさんの表情で分かった。

閑話②『土屋さんは帰りたい　おかえり』

「ほうかほうか、終身雇用。ほー。はいはいはい。仕事も無事まとまったと。円満解決、大団円。あーはいおめでとさん。爆《は》ぜろ」

　スマホの通話を切り、デスクで冷めているコーヒーを一口。ため息をついていたら右隣の後輩が小首をかしげている。

「ところで先輩、こちらの書類なんですが……」

「村崎《むらさき》」

「はい」

「まずは『どうかされたんですか』や」

「次からそうします」

「あとその書類は係長以上のハンコもらって経理の蘇芳《すおう》さんに提出。社内便で返ってきたらあそこの棚のファイルに保管な」

　年末は普段とは違う事務処理がちょくちょくあるため一年目は分からないことが多い。そういう時に即座に聞いてくれるのは村崎のいいところだ。空気を読めない性格の光の側面……ということにしておく。

我が社の仕事納めは十二月三十日。労働基準監督署《おかみ》の監査もあっていくらか労働条件の改善している我社も、年末ギリギリまで営業していることを頼りにしてくる顧客がいるためにここは変わらないままだった。来年はせめて二十九日になってほしいが、鬼に笑われるのも癪《しやく》なので考えないでおく。

「ありがとうございます」

「あ、蘇芳さんって村崎あんま知らんやったっけ」

うちの会社は経理部の人数が少し多い。

商事会社として帳簿に明るい人間を多めに確保すべし、という前社長・朽木《くちき》ナントカさんの方針があったためだ。それぞれの担当分が細かく分かれていて書類によって提出先が違ってくるので、持っていく方は大変なのだが。

そんなんだから経理部の全容を把握している人間はほとんどいない。経理部全員の仕事を照らし合わせると不自然な使途不明金が浮かび上がる、なんて都市伝説もあるくらいだ。都市伝説である。

「そうですね、いつもの書類は黒池《くろいけ》さんが多いので。もちろん蘇芳さんもお顔くらいは分かります」

「その蘇芳さんやけどな。なんでか知らんけどハゲカッコウのハンコ見ると機嫌悪くなるけん、できれば大山《おおやま》さんにハンコもらっとき。経理との関係は大事にせんといかん」

「覚えておきます」

「ええか、経理だけは敵にしたらいけん。世界を敵に回してもよか。正義を敵に回してもよか。親友、恋人、恩師、家族さえもおのが信念のために敵に回すことがあってよか。でも経理だけはぜっっっったいに味方にしろ」

「なぜですか？」

「説明してもいいが、終わった頃には年が明けるぞ」

「なら結構です」

経理の人だけは敵に回してはいけない。まだ社会がなんぞやと語れるほど達観してはいないが、それだけは分かる二年目の先輩。それがオレこと土屋《つちや》遥斗《はると》である。

一年目時代、当時は別部署だったマッツーといっしょにドタバタした日々を懐かしむ中、隣で村崎がメモを取る声がする。

「ハンコ……蘇芳さん……ハゲカッコウ課長……機嫌……」

「村崎、そのメモ絶対誰にも見せんどきな？」

「分かりました。それで土屋先輩、先ほどはどうかされたんですか」

こう改まって聞かれるとちょっと答えづらい。聞けと言ったのは自分だからちゃんと答えるけども。

「マッツーと早乙女さん、無事に出会えたらしい」

「そういうことは先に教えて下さい」

「オレの脈はもう無いなったな……」

「それは元々ありませんから大丈夫です」

「それは言わんお約束やろ」

ショックのせいか、若干食い気味に感じて困る。

「以上ですか？」

「以上やけども。まだなんかあるんか」

「次はこの書類なんですが……」

「ああ、それは浦井《うらい》さん。課長印やないといかんけど、ハゲカッコウのハンコを見ると機嫌が悪くなるけん顔色とタイミングを見計らって行くんや」

「顔色にタイミングですね。分かりました、読み取ります」

「いっしょに行っちゃる」

ひとりで行かせたら危ない。真顔の後輩を前に、オレの直感がそう告げている。

「この発注書の」

「課長印からの小灰汁《こあく》さん。ハゲカッコウのハンコを見ると長話が始まるが諦めろ」

「忘年会の」

「係長以上のハンコで黒池さんからの小灰汁さん。コンボになるからなんとしても大山さんにもらいや」

「顧客用カレンダーの」

「蘇芳さ……。いや、それうちの部署の仕事ちゃうやろ」

「課長が『ヒマならやっといて』と」

「ハゲカッコウのことやし、なんかやらかして他部署に尻拭いしてもらったんやろな……その清算で雑用か。あとでオレから文句言っとくけんな。村崎はなんか言われても『私は言われたことをやっただけです』で通せ」

部署間の協調は大事だし借りたら返すのも当たり前だが、それでも押し付けた仕事を誰がやったかくらいは知らせておかないと後がよくない。

「分かりましたが、他部署ならなぜ書類を持っていく相手をご存じなんですか」

「聞くな」

去年もそうだったから、なんて話を今しても仕方ない。

にしても我ながらよく覚えていると思う。一通り教え終わったところで、オレは六日後に迫った帰省の方の相談も済ませることにした。

「そいで村崎、年末やけど新幹線とれたか？」

「はい。先輩と同じ便は埋まっていましたが」

仕事納めは十二月三十日で、それから帰ってすぐに出発の強行軍だ。大掃除をするヒマがないのはご愛嬌《あいきょう》である。

「よっしゃ、いったん博多《はかた》駅の構内で集合な。ラーメン屋ばっか集まっとるとこあるけんすぐ分かるわ」

「……駅の中にですか？」

「そう、駅の中にラーメン屋ばっか十軒くらい並んどるとこがある」

「謎ですね」

「天国やぞ」

　ひとまず片付いたとみて息をつく。社会人二年目なんてただでさえ忙しい年だろうに、今年はとにかくいろんなことがあった。ありすぎた。

「そんな今年もあと一週間かー」

「正確には今日も入れてあと八日ですね」

「うち仕事は？」

「五日ですね」

「半分以上は仕事と思うとなかなかやな……」

　嘆いたところで始まらない。村崎がどの書類をどこに持っていくかデスク上に並べて整理しているのを横目にパソコンに向き合ったところ、その上にドンと紙の束が置かれた。思わず振り返るとそこには鈍く輝く広大なデコ。

「ねえ、ヒマだったらこれもやっといてもらえる？　明日の朝まででいいから」

はるか彼方《かなた》の生え際を見せつけるように、ハゲカッコウは颯爽《さっそう》と仕事だけ置いて去っていった。たぶん喫煙所だと思う。

「…………」

「…………」

このまま年末まで固まっていたいがそうもいかない。オレは上から七割ほどを取って自分のデスクに移した。

「ここまでオレ、こっから村崎」

「分かりました」

時は十二月二十四日、クリスマスイブ。つまり平日。どうやら「イブの夜はジョシと過ごした」とは言えそうだ。女子と上司をかけた高度なギャグである。

◆◆◆

師走というからには師匠も走るし時の流れも全力疾走。年末の仕事で忙殺されるうちに日は過ぎ去り、一週間後。

マッツーの連絡によると、どうやら早乙女さんの仕事もうまくまとまり、楽しい年末を迎えられそうだという。福岡で会うのが楽しみだと、そんな風に思っていた十二月三十日。

我が部署は、九州にはまずまず吹かないレベルの寒風に見舞われていた。

「……は？」

「せ、先方から急ぎの発注はどうしたんだと苦情が……！」

胃が痛そうな顔のハゲカッコウの、要領を得ない説明をまとめると。

どうやら村崎が処理した発注書の提出先が間違っていたらしく、経理の方でゴチャゴチャした処理をするうちに埋もれてしまい、それがよりによって年末ギリギリまで営業している我が社を頼りに持ち込まれた急ぎの案件だったらしい。

人の命に関わるような案件じゃないのが不幸中の幸いか。それでも大きな信用問題には違いない。

「申し訳、ありません……」

「ごめんで済んだら警察はいらないんだよどうするの……」

村崎が顔を青くして頭を下げている。ハゲカッコウは冷や汗をかいてオロオロするばかりで頼りになりそうにない。

まず動いたのは係長の大山さん。

「まあまあ、過ぎたことは仕方ないよ。まずは、今からでも年内に間に合わせられるか調べてみよう」

「さっき調べときました。ギリいけます」

「いいね。じゃあ村崎《むらさき》さんと土屋《つちや》くんでそっちはやってもらって、僕は事務や経理の方に残ってもらえないかお願いしに行くから」

そして課長は先方に謝る係。職位として妥当だし、その場しのぎとご機嫌伺いに関してはこの中で一番上手《うま》い。まさに適材適所である。

「村崎さんは一回コーヒーでも飲んでこようか」

「いえ、大丈夫です」

「いいから」

村崎を外へ追いやり、大山さんは経理と事務に持っていくお菓子の選別を始めた。

一番嫌われる役をやってくれるから、この人は嫌われないのだろう。その背中を見て素直にそう思わされた。

「大山さんはよかですよ。オレが頼みに行きますから」

「ええ？　いいんだよ、こういうのはちょっと歳《とし》のいってるのが行かないと格好つかないし」

「こういうんはオレら独り身の仕事です。お先に帰られてください」

大山さんには小学校に上がる前のお子さんがいる。

普段はもちろんクリスマスでさえ帰りが遅いパパなのだ。年末も寝る前に帰ってこないなんざ子供が不憫《ふびん》だ。

「……ちょっと待ってね」

スマホを取り出した大山《おおやま》さんがどこかへ電話している。口ぶりからして自宅のようだ。相手は奥さんだろう。

「もしもし……うん、それで……ああ……そう、その土屋くんと村崎さんが……ええ？いやでも……そりゃ応援するって言ったけど……帰れるまで？　えぇー……」

「なんかオレの名前が聞こえる」

「パパだよ、ご飯食べた？　待っててくれ……ありが……と遅く……うん……お正月はいっぱい……うん、うん……じゃあママに代わって……」

五分ほどで電話から戻った大山さんは、なんだかすごく疲れた顔をしていた。

「帰ってくるな、って……」

「帰ってくるな」

「家内も君たちを応援して……いや、うん。なんでもないんだ。家庭内の事情と思っていてくれ。土屋くんと村崎さんより先に帰ったら僕も家に入れてくれないって……」

「なぜオレらのことを」

「家で職場のことを話すこともあって、家内は君たちのことがお気に入りなんだ。なんでかまで説明すると長いから端折《はしょ》るけど」

電話一本の間に五歳くらい老けて見えるようになった大山さん。その奥さんが、どういうわけかオレや村崎のことを気にしてくれていて、だからオレたちの手伝いをしろと大山さんを閉め出したと。

「家庭を持つって大変とですね」

「そうだね……。少しでも責任を感じてくれると嬉《うれ》しいよ……」

「それについてはもう、オレの指導が至らんかったばかりにこんなトラブルになり申し訳なかです……」

「それはいいんだ。いや、良くはないんだけどそういう意味ではなくて、もっと日頃の人間関係的な機微があるというか、なんというか、うん。とりあえず仕事しよっか」

「ウッス」

色々と気にはなるがまずは目の前のトラブルをなんとかしなくてはならない。それぞれの役割を果たすために散ったところで村崎も戻ってきた。

言われた通りにコーヒーを飲んできたようだ。さっきまでの張り詰めた雰囲気は少し和らいでいるし、大山さんの指示は正しかったということだろう。

「もろりまひは」

そうでもないかもしれない。

「村崎、少しでも早く戻ろうという気概は認める。お前も責任感じとろうしな」

「ただ一気飲みするなら、ホットやなくてアイスコーヒーにせえ」

「ふぁい……」

鉄仮面を地で行く村崎の目にうっすら涙が浮かんでいるのは、失敗したことの申し訳無さか、それともホットコーヒーを喉に流し込んだダメージか。たぶん両方だろう。

「よっしゃ、仕事納めの延長戦や。コールドはないから腹を据えぇや」

「その、私は何をすれば？」

「要するに、普通は手に入れるのに二日かかるもんを半日で調達するだけのことや。ソシャゲを見てみい、戦闘だってレースだって四倍速くらい当たり前の時代ぞ。余裕のヨークシャーテリアよ」

「お好きなんですか、ヨークシャーテリア」

「いや別に」

語呂がよかっただけである。

「でも、それじゃ先輩の帰省が……。いえ、私は言えたことじゃありませんでした。すぐ始めます」

「新幹線の時間なら気にせんでええ。逃げるもんじゃなか」

「新幹線は博多駅まで逃げるのでは……？」

「……博多駅は逃げんし？」

だんだんいつも通りにエンジンかかってきた。

「ちゃっちゃと終わらすぞ。気張れ村崎」

「はい、土屋先輩。新幹線の切符、無駄にはさせません」

◆◆◆

――十二月三十一日、大晦日《おおみそか》。

「まあ、なんや」

「……はい」

「切符を無駄にしないどころか、日を跨《また》いだな」

「跨ぎましたね……」

三十日の午後に始まったトラブル対応は、そこからなんやかんやのヤンヤヤンヤで延びに延び。終わった頃には夜になっていた。十二月三十日の夜じゃない。

翌日、十二月三十一日の夜である。紅白に分かれて歌う例のアレもそろそろ後半戦という頃合い。なんてこった。

「まあ、どげんかなるもんやな。今年のトラブル今年のうちに、や」

「どうにかなったんでしょうか」

「なったなった。後のことは偉い人が上手いことやるやろ。ヒラの仕事はここで終わりよ」

「そう、ですか」

今からじゃ新幹線の席はないだろう。自由席の立ちっぱなしならワンチャンあるかもしれないが、自分はともかく村崎にそんな体力は残っていまい。

「九州旅行は来年やな」

「はい……」

「腹減ったか？」

「はい……」

「眠いか？」

「はい……」

「脊椎動物が持つ器官のひとつで、空気中から得た酸素を血中に取り込んで代わりに二酸化炭素を排出する役割を持つ、人間の場合は胸に存在する風船状の臓器の名前は？」

「はい……」

答え：肺。

「正解」

村崎にしては珍しく心ここにあらずといった感じで天井を見つめている。失敗で落ち込んでもいるだろうし、九州に行くのは自分も楽しみにしていただろうから無理もない。

大山さんは仕事が終わってすぐに帰ったし、ハゲカッコウは机で寝ているし。オレたちももう帰って構わないだろう。

「年越しソバ食って帰るか」

「はい……」

村崎の背中を叩《たた》いてコートを取りに行かせつつ、自分もカバンに荷物を詰めていく。もう二十四時間は温かいものを食べていないし汁物が恋しい。

年末のこの時間にやっている食い物屋といえばそば屋と相場が決まっている。牛丼チェーン店は営業していそうだし多くの人の胃袋を満たす大切な存在ではあるのだろうが、そこは風情が足りないのでノーカンとする。

「ほいじゃ課長、よいお年をー」

「失礼します。よいお年を」

課長にはゆっくり眠ってもらいつつ、オレと村崎は事務所を出た。すっかり暗くなった街には一週間前まであんなにピッカンピッカンしていたクリスマスイルミネーションの影も形もなく、寒々しい風の中を年越しのカウントダウンイベントにでも向かうだろうパーリーなピーポーとすれ違うくらいだ。

「先輩」

「どうした」

「なんでサラリーマン風の方には頭を下げてるんですか」

「なんとなく。村崎も下げとるやん」

「なんとなく」

「なんなら向こうも下げてくるのはなんなんやろうな」

時たまくたびれたスーツのサラリーマンと出会うと、お互い会釈してしまうのはなぜなのだろう。この大晦日まで戦った者同士の連帯感みたいなものかもしれない。

「お、やっとるやっとる。やっぱソバ屋といえば駅前よな」

「では、ごゆっくり……」

「奢《おご》っちゃるけん付き合わんや」

まっすぐ帰ろうとする村崎を引きずってソバ屋に入り、年越しソバをすする客たちの並ぶカウンターに座る。出汁《だし》と蕎麦湯《そばゆ》の香りが疲れた体に染み渡るようだ。テーブルにメニューは置いてあるが、壁にかかった木札から選ぶ方が美味《うま》い気がするので今回もその流儀に従う。

「天ぷらソバ大盛り、温玉つきにしとくかな。村崎は？」

「では、かけそば……」

「温玉つけとけ。タンパク質は大事や」

「でも……」

何か言おうとしたが、こういう時は言えば言うほど落ち込むものと決まっている。

「お前もようやっとる。新人時代の失敗なんざ十年後の話のネタや。オレ二年目やから知らんけど」

「それは、でも」

「今年のことは今年に置いといて来年また始めればよか。もう仕事納めが済んだんやから、仕事のことは忘れとき」

失敗は反省すべきだが引きずったって仕方ない。というか村崎《むらさき》の失敗みたいになってるけど九割くらいはハゲカッコウのせいだし。

「……分かりました、忘れます。でも」

「ええから食え食え。腹が減っとるとロクなこと考えんから。店員さーん、天ぷらソバ大盛りに温玉、あとかけそばにも温玉を……」

「いえ、土屋《つちや》先輩」

「やから遠慮は」

「そういうことなら温玉よりとろろ昆布がいいんですが……」

「店員さん、とろろ昆布も追加で」

きつね
山菜そば

ものすごい真剣な顔で訴えてきた。たしかにソバの具としては温玉、おろしに並んで筆頭を飾るのがとろろ昆布だが。メロンパン以外にも好きなものがあったのか。

「なんならメロンパンソバもあるか聞くか？」

「お願いします」

「するんかい」

「コロッケソバがあるくらいですから、あるいはと思いまして」

「……否定はしきれんな」

長崎から東京に来て目を疑った料理のひとつ、コロッケソバ。温かいソバの上に天ぷら感覚でコロッケが載っかったものだ。試しに食べてみたら衣とジャガイモに出汁が染み込んで意外にイケた。

さすがにメロンパンでやるのは話が違うというか、クッキー生地が一瞬で崩れ落ちるとは思うのだが。

「……店員さん、メロンパンば載っけたソバとかって」

聞くかと言った手前、一応聞かなくては男ではない。

それに例のカレー屋にはカレーメロンパンなるものがあった。カレーとメロンパンがコラボ可能なら、ソバとメロンパンだってあるいは。

「……なんですって？」

そんな淡い希望は店員さんの返答わずか六文字で霧散した。

「なんでんなかです」

店員さんの『今、自分は何を言われたんだ』という顔がつらい。今年一番の恥をかいた気がする。

「コンビニのでよければ載せますが……？」

「いいです忘れてくださ……載せるとですか」

「食品衛生法とか調べてからにはなります」

「いや、いいんで。ほんとに」

年末で忙しい店員さんには仕事に戻ってもらって出てきたソバに手を付ける。東京の濃い出汁にもやっと慣れてきたところで、食べつけてしまえばこれもなかなか美味い。本当なら今頃は博多《はかた》の薄い出汁を啜《すす》っていたと思うと残念ではあるが。

隣では村崎も温玉の載ったソバを三本くらいずつちびちび啜っている。今しがた追加でとろろ昆布も来たところだ。

「あの、私また何か間違えましたか？」

「お前はなんかもう、それでよか。貫いて生きろ」

「よく分かりませんが褒められていないのは分かりました」

「褒める貶《けな》すだけが人生やないってことよ」

年が明けるまであと三時間ちょい。最後まで仕事に振り回されはしたがちゃんと片付いたし、こうして年越しソバも食べられている。

こういう年末の思い出があるのも悪くない。

「……おん？」

スマホの通知に気づいて取り出すと、横で村崎も同じことをしていた。グループチャットにメッセージだ。

『仕事お疲れ。来年もよろしく。土産は何がいい？』

『早いもので本年も残すところ、あとわずかとなりました。半年ほどではありましたが大変お世話になり、心より感謝しております』

「マッツーと早乙女《さおとめ》さんからやな。年末の挨拶か」

「お土産、どうしましょうか」

「明太子《めんたいこ》のせんべい」

「なんですか、それ」

「食えば分かる」

博多土産はどれも美味いが、その中でも軽さ、日持ち、数、何より味において最強の土産がある。

それこそ、明太子味の薄焼きせんべい。実際の商品名は頭と尻の二文字ずつをとって繋《つな》げたひらがな四文字だけども。

「『来年こそは帰ったるからな』っと。じゃ、腹も膨れたし帰るか」

「……あの、土屋先輩」

駅に向かおうとしたところで村崎がオレのコートの裾を摑《つか》んだ。

「どうした村崎」

「年越しって、いつもどうされてます？」

「電話で時報聞いとる」

「それはちょっと予想外でした」

「冗談や。まあネット見てたり帰省して家族とおったり色々やけど、今年はどうするかいねー」

「実は、新しいゲームがありまして」

「……また？」

「ボーナスが出たので」

「早乙女さん特需で史上初のな」

「そのほとんどをつぎ込みました」

「うせやろ」

真顔でそう言われたら断るに断れない。それに何より。

「ま、正月といえばゲームってのもそれはそうやな」

「はい」

「よっしゃ、村崎んちにレッツゴーや」

「おー」

拳を突き上げて歩き出した俺に、なぜか同じく拳を突き上げてついてくる後輩。が、その足がピタリと止まった。

「すみません、誘ってから気づいたのですが、いくつかのゲームには大きな問題がありまして――」

村崎の言う問題がどんな程度のもんかと思ったが、聞けばなるほどなかなかに致命的だった。解決策として大山《おおやま》さんに声をかけるなどの案が出る中、オレたちは最終的に同じ結論に至った。

◆◆◆

翌日の一月一日、元日。

「あけおめー」

「今年もよろしくお願い致します」

　オレと村崎は、福岡にいた。

「本当に来たのか!?」

「きらんちゃんいらっしゃいー！　梅ケ枝餅って食べたことある？」

「ありません」

「美味《おい》しいわよー、あんこの入ったお餅なんだけど食感がちょっと独特で」

　村崎と早乙女さんは完全にいつものペースで喋《しゃべ》っている。ちゃんとツッコんでくれるマッツーがむしろ癒やしだ。

「土屋、お前チャットで『福岡には来年行く』って送ってきただろうが。いや、来てくれたのは嬉《うれ》しいけど昨日の今日だぞ」

「マッツー、今は西暦何年や」

「年が明けて二〇二〇年」

「昨日は何年や」

「……二〇一九年」

「セ――――――フ」

「釈然としない……！」

　マッツーは頭を抱えているが正義はこちらにある。一日違い、なんなら十二時間違いでも来年は来年なのだ。

「男に二言はないんや」

「こんなせこい形で使う言葉じゃない」

「とりあえず初詣行ってなんか食おうや」

「ああ、博多周りは神社とラーメン屋だけはいっぱいあるぞ。それでなんで急に自由席を争ってまで福岡に来たんだ？」

「それやけど、時にマッツーんち何人家族や？」

「なんだ藪《やぶ》から棒《ぼう》に。じいちゃんばあちゃんに姉と俺と妹で五人だけど、なんでだ？」

その質問を待っていた。村崎《むらさき》が持参した紙袋を開いてみせると、マッツーと早乙女さんが覗《のぞ》き込む。

「……ボードゲーム？」

「ボーナスのほとんどがこれになりました」

「マジか」

「ただ、ひとつ問題が」

村崎が箱の一面を指差す。そこには『プレイ人数　四〜十人』の文字。

「私と土屋《つちや》先輩では足りませんでした」

「……どんなゲームも友達は別売りだからな」

「友達を買うボーナスは残ってなかったわけね？」

「残念ながら」

「残ってても買うんやない。その先は地獄やぞ」

「えっとだな、つまりボードゲームの人数が足りないから俺たちを仲間に入れるためにわざわざ福岡まで来た、と？」

「そうですね」

「正月から」

「むしろお正月はゲームをやらねばと」

「他のゲームをやって待てばよかったんじゃ。二人でできるゲームだっていくらでも」

「マッツー」

至極もっともな指摘に聞こえるが。こと村崎に対してその意見は意味がない。

おそらく察したらしい顔をしたマッツーにあえて言う。

「ゲームに、ならんかった」

「ならなかったか……」

「ならんかった……」

「そうか……」

「ただのお泊まり会になった……」

「そうか……うん？　お泊まり会？」

「ところでマッツーの家族ってゲーム強か？」

「あー……どうだろうな。家族のゲームの強さって客観的には分かりにくくないか？」

言われてみればその通りだ。ならば最も分かりやすい基準を、あの国民的大人気ゲームに与えてもらおう。

「マッツー、家族五人でウノしたら何番目？　やっぱ一番強いん？」

「だいたい三番か四番」

「バケモノ一家か？」

「失礼な」

オレたち四人でやった時はまず一番か二番の男が中の下を争う家。聞くべきじゃなかったかもしれない。

そんな話を聞いてしまったらせっかく来た村崎も尻込みしてしまう。

「腕が鳴りますね」

「私たちの連携力を見せる時よきらんちゃん」

「その自信はどこから」

以前、二人がかりでマッツーを負かそうとしてフルボッコにされたというのに。

どうあれ、はるばる福岡までやってきたのは無駄にはならなそうでよかった。楽しい正月になるだろう。

二人でよく分からない作戦会議を始めた早乙女さんと村崎を見て、素直にそう思った。

「まあ、家族もにぎやかなのは好きだし喜ぶと思うぞ。裕夏《ゆうか》には結局会えずじまいだったし紹介しよう」

「頼むわ。妹ちゃん高校生やったっけ？　お年玉五千円でキレられんやろか」

「用意してくれたのか。あいつは英世さんでも喜ぶから大丈夫だ。何しろ中学に入るくらいまで『科学者が一番偉い。だから英世さんが一番』って言われて本気にしてたこともあるくらいだしな」

「不意打ちで泣けるエピソードぶっこんでくるなや。で、姉ちゃんは？　いくつ上やったっけ？」

「三個上で二十七歳」

「美人？　彼氏おる？」

「お前を義兄と呼ぶのだけは絶対に避けたいからノーコメントだ」

「冗談やのに」

「本当だろうな」

信用がない。

「ま、なんや。いつまでも立ち話もなんやし動くか」

「ああ。ミオさんに村崎も、そろそろ行きま……何を？」

早乙女さんと村崎が、手と指の動きを組み合わせて妙なことをやっている。バリアフリー時代に対応するための手話訓練を急にやりたくなったのか。

いや、オレは知っている。ミリタリー映画で見たことがある。

「ハンドサインよ」

「ハンドサイン」

ハンドサイン。言葉ではなく手と指の動きで意思を伝える技術のことだ。軍隊で使われるのが有名だが、声を出せない場面の多い業界であれば多かれ少なかれ用いられると聞いたことがある。ソースはネット。

「前にきらんちゃんと連携しようとした時は、アイコンタクトだけに頼って失敗したじゃない？」

「だいぶ前の話ですね。懐かしい」

「ですので、私とミオさんだけに伝わるハンドサインを決めておけばと思いまして」

「反則とは違うんやろうか、それは……？　ちなみに今練習しとったんはどげな意味なんや？」

「『強気で行きましょう』です」

「その前のは」

「『ガンガン行きましょう』です」

「……その前は」

「『今が攻め時です』です」

「うん、それは反則ちゃうわ。練習がんばってな」

「がんばります」

「まあ仮に反則でも大丈夫だ。うちのばあちゃんは手信号の類は一回見れば解読するから通じないしな。千裕《ちひろ》姉は視線と声色でだいたい見抜くし」

何かとんでもないことを言い出したと思ったら、電話交換手時代の特技だったらしい。

たしかにあれも声を出せない場面はありそうだ。合図を読み解けるのも頷《うなず》ける。

「妹ちゃんは？」

「直感でこっちの持ってない色をぶつけてくる」

「やっぱバケモノ一家やろ……？」

「失礼な」

「で、これからそこにお邪魔して、村崎持参のゲームをやろうやと」

「そうだな。家族には連絡済みだ。みんなゲーム好きだから楽しみにしているぞ」

「ちなみにやけど、手加減とかそういうのは」

「誰一人できないし、しない」

「さよか」

「そやで」

マッツーが真顔で放つ博多弁《はかた》が全て真実だと物語っているのがまた怖い。もしこの一家に村崎を放り込んで、一回勝つまで終われないルールが適用されたら一体どうなってしまうのだろう。

オレ、三が日中に帰れるんだろうか。一抹の不安、というより半ば確定的な危機を感じるが、ここまで来て引くわけにもいかないのも事実。

毒を食らわば皿まで。

皿を食らわば机まで。

机を食らわば腹いっぱい。

「九州男児の意地、見せちゃる……」

「それでこそ土屋だ」

この後、松友《まっとも》家にお邪魔して歓迎された。率直に言って豪華な家ではなかったが、家族みんないい人で飯も美味《うま》いし姉ちゃんの千裕さんも美人だった。裕夏ちゃんは五千円で尊敬の眼差《まなざ》しを向けて「ハル様」と呼んでくれた。

ゲームが終わるまでに二十七時間かかったことを除けば、本当に素晴らしいことばかりな正月の思い出になった。

　一月の寒風はどこの土地でも冷たいけれど。やはり東京の風は冷たく感じるから不思議なものだ。そう語るミオさんの手はそれでも温かい。

「なんでかしらね」

「不思議ですよね。平均最低気温は東京も福岡も約二度で変わらないのに」

「そうね、微妙に嚙《か》み合っていない気がするわ」

「最高気温は東京十度の福岡九度でむしろ福岡が寒いんですよ」

「えっ、ほんとに？」

「気象庁はそう言ってますね」

「それは本当に不思議だったわ。どうして……？」

「やっぱり日本海側だからですかね？」

「今度ちゃんと調べてみるわ」

　エレベーターを上がって扉が開くと、そこは見慣れた廊下。全てはここから始まって、またここに帰ってきた。

「ちなみにですけど、今日って移動日ですよね」

「そうね」

そしてたまには、いっしょに言う日もあっていい。

ドアのカギを開け、ノブを引けば中からいっそう冷たい空気が流れ出す。それでもなぜか暖かい、そんな空間へ帰ってきた時の言葉を、二人で。

「「ただいま！」」

◆◆◆

「いただきます」

「いただきまーす」

そうしてつつがなく仕事始めを迎え、夕食の食卓を囲む。今日のお味噌汁《みそしる》は基本に立ち戻って豆腐だ。

「さて、お仕事の件は無事に片付いたとのこと、おめでとうございます」

「ありがとー」

年始からしばらくバタついたものの、年末に話を決めていたことが決定打となってプロジェクトは無事に着地したという。俺の引き抜きから始まった一連のお仕事はこれでひとまずの終わりだ。土屋《つちや》たちの会社とはこれからも何かと取引は続くらしく、あの会社も少しずつ経営が良くなっていくに違いない。それまでに潰れなければだけど。

「例えばどこかの課長がとんでもねえミスをしたりしなければ……」

「松友さん、顔が般若《はんにゃ》みを帯びてる」

「しまったつい。では、返事を読み上げます」

今回の九州旅行で起きた、ミオさんにとって重要なできごと。

「『そんな昔のことを今さら持ち出されても困るけど、お正月にレシピ教えてもらった借りがあるから貴方《あなた》の顔は立ててあげます』」

「……えっと？」

「つまり、会ってくれるそうです」

ミオさんにとっては人生の転機となった人物。親友だと思っていた、けれど裏切られた、その相手との過去を清算したい。

ミオさんがそう言い出したのは福岡を発《た》ってすぐだった。帰りの新幹線でそれを聞いた時は心配もしたけれど、ミオさんの決意は固かった。

「ちょうど来週、ご家族が学校行事やお仕事の都合で出払う日があるとか」

「じゃあ有休とるから」

「……いいんですね？」

「うん。お邪魔してもいいけど、ご家族を巻き込んでもよくないだろうからうちに招待した方がいいよね」

「そう思います。おそらく平日の方が都合もつきやすいでしょう」

過去のトラブルについて家族に知られても渡瀬《わたらせ》さんにはデメリットしかない。復讐《ふくしゅう》だというのならそれでよかろうが、ミオさんはそんなこと望んではいない。

ただ、お互いの知らなかったこと、知ろうとできなかったことを知りたい。それだけだ。

「ありがとう。ごめんね、手間かけて」

「俺にとっても、もう他人事《ひとごと》じゃありませんから。……怖いですか？」

ミオさんの手は小さく震えている。そうだろう、自分にとって因縁の、トラウマの相手と会おうというのだ。たかが小学校の時に喧嘩《けんか》した相手と切って捨てるのは簡単だが、その重さを決められるのは本人たちをおいて他にいない。

それに、何よりも。


「会話が続かなかったらどうしよう……！」


会話。

そう、ミオさんを恐怖の底へと叩《たた》き落としている問題がそれである。

「こういうのって、ドラマだと再会してすぐに『Fin』って出て終わるでしょ？　でも現実だとそこから何分か何時間か会話しなくちゃいけない……！」

土屋や村崎《むらさき》は俺が呼んだり勝手に来てくれたりで、ミオさんにとっても招くハードルが低い相手になっているはずだ。それでも自分から呼ぶことは滅多にない。

なぜか。

「つまらない用事で呼んだからって怒られないかな……」

しょうもない用事で人を呼びつけるのが申し訳ないからである。

「つまらないことじゃありません。それにミオさんにだってそれくらいの権利はあります」

「権利があるかどうかと、怒るかどうかは別問題なんだよ？」

「それはそう」

それはそうなのだ。

例えばだが、ものは借りたら返すのが当たり前だ。借金はしたら返さないといけないものので、貸した側には「返して」と言って取り立てる権利が当然ある。もちろん借りた側には返す義務がある。

返す義務はある、が、ニコニコ笑って返す義務まではないのだ。道理だけで言えば気にする必要などまったくないところだが、ミオさんがそんな器用な人ならそもそも違う人生を送っていただろうわけで。

　この食卓における目下最大の議題は、過去を清算するために呼ぶのはいいけど何をどう話そうか、なのであった。

「話題何にしようか。会話を何パターンか想定して組み立てておいた方がいいかな。会話デッキみたいな」

「会話デッキ」

「テーマごとに食べ物デッキ、社会デッキ、ファッションデッキと……今が専業主婦だったら仕事デッキは環境に合わないかな？」

「食べ物デッキがＴｉｅｒ１ならお仕事デッキはＴｉｅｒ４くらいですかね……」

「高く見積もってもＴｉｅｒ３・５ってとこだよね」

　デッキを作るカードゲームにおいて、それが今の対戦環境においてどのくらい強いのかを示す指標をＴｉｅｒというらしい。Ｔｉｅｒ１がもっとも環境に適したもので、Ｔｉｅｒ２、３……と数字が大きいほど活躍の場が限定されたり単純に弱かったりするデッキが増えてゆく。

「実際問題、思い出話だけするっていうのは厳しいですよね」

「厳しい……」

「行き着く先が裏切りと破綻の思い出話はキツすぎる」

　かと言って大人になってからの話だと、歩んできた人生が違いすぎて話題が合わないのは渡瀬さんが以前に言っていたとおりだ。『女ってのはね。結婚して子供ができたら話題なんて何一つ合わなくなるのよ。大昔に家が近かったたってだけの相手と、話すこともないのに今さら顔合わせてどうしろっての？』とは彼女の弁。こうして真面目に考えてみると確かに話題に窮するのだからぐうの音も出ない。

それでも顔を立てるためと言いつつ会ってくれる辺り、彼女も彼女なりに義理堅い性格なのだろう。

「どうしよう！」

「ただ話すんじゃなくて何かするとか。当時はどんなふうに遊んでました？」

「ぬいぐるみとかで、あとはお絵かきとか……」

なるほど裕夏《ゆうか》も小さい頃はそんな感じだった気がする。小学校高学年になるとマセてきて大変だったが、ミオさんはそれも遅かったみたいだし、渡瀬さんと付き合っていたのが小四までだったことを考えれば不自然ではない。

そう、小四までだったならば。

「二十八歳でやるには少しばかりキツいですね……」

「どうしよう……」

本気で頭を抱えているミオさん。

ここは終身雇用を約束された身として、ひとつ貢献したい。何か妙案が無いものかと考えて、テーブル横の棚に収まった『それ』が目に留まった。黄色と黒の箱に収まった、国民的大人気カードゲーム。

そうだ。俺たちにはこれがある。

「ミオさん」

「うん？」

「最終手段です」

第10話『早乙女さんは向き合いたい』おかえり

「渡瀬さん、三人でウノやりましょう」

「は?」

「俺も業務だから参加します」

「は???」

インターホンごしに強張《こわば》った表情を見せた渡瀬さんが早乙女《さおとめ》宅にやってきたのは、火曜日の昼過ぎだった。

「いや、なんでウノ?」

「面白いので……」

「からかってる?」

「そう思うのも無理はないんですが、至って真剣でして……」

「ふざけるなら帰るけど。なによいきなりウノって。出かけてまで子供の遊びに付き合えってこと?」

「ちなみに今のレートは?」

「一四八三……あ」

「年末年始でちょっと上がりましたね」

「なんでそれを……妹か」

「妹がご指導いただいてるそうで、ありがとうございます」

「……嗜《たしな》む程度よ」

こんなところで裕夏に聞いた話が役立つとは思わなかった。

ともかく家に上がってもらい、居間へ案内する。そこに待つのはこの家の主、俺の雇い主。ミオさんがテーブルについている。

「……久しぶり、ミオ」

「そうだね、みかちゃん」

◆◆◆

「黄色の七」

「パス」

「スキップ」

「黄色の五」

「パス」

「スキップ」

無言だ。

いや、ゲームを進行するための発声はある。だがそれだけが室内に延々と続くせいでかえって静かに感じてしまう。

「あがりです」

何度目かのゲームが終わったところで、先に口を開いたのはミオさんだった。

「……なんで、あんなことしたの？」

「あんなことって？」

「私は、友達だと思ってたよ」

「私もよ」

「じゃあ……！」

「そんな昔のこと、いちいち覚えちゃいないけどね。赤のリバース」

「そう、なんだ。……赤の四」

「ワイルドで青」

「パス。……まあ、察しはつくけどね」

自分のことだし、何よりよくある話だからと。渡瀬未華子《みかこ》はそう切り出した。

「クラスには四十人近くいて、女だけで二十人。そんな中で一人としかまともに交流しないで生きていくなんて不可能なのよ」

「ドローツー。……そんなことは」

「不可能。絶対に。もしやっているつもりでいたなら、どこかに皺《しわ》寄《よ》せが行ってたんでしょうね。青の四」

「パス。何が言いたいの？」

「察せないなら彼氏に聞けば？」

「あいにくと彼氏と呼べるほど上等なものではないので。ドローフォーでウノ」

「あっそ」

「言いたいことくらい分かって聞いてるんだよ。……パス」

「相変わらず、言いにくいことは他人の口から言わせるのねぇ」

だんだんと。本当に少しずつ。皮肉や敵意も混ざりながら、二人の会話が続く。

そこに俺が自分から口を挟むことなどできない。正直言って針のむしろだ。ただ、それでも、二人がお互い冷静に話せる場にするにはもう一人いた方がいいだろうと、それだけの意思でここにいる。

「あがりです」

「ちょっと、マツモトさん!?　この空気で連勝するのやめてくれない!?」

それだけだったのに怒鳴られた。そんなこと言われても。

「手加減できるゲームでもないですし。それに裕夏からはかなり強いと聞いていたので、まさかこんなことになるとは思わず……」

「アプリは公式ルールだからローカルには疎いのよ」

公式ルール。

日本ではあまり浸透していないように思うが、ウノにもきちんと世界標準の公式ルールが存在する。単純に最初にあがった人が勝つのではなくポイント制なのが最大の違いだろうか。残りのメンバーの手持ち札などで点数が決まり、何ゲームか繰り返すことで総得点を競う。他にもドローツー、ドローフォーを出された時に重ねて返せないとか、最後の一枚が数字札じゃなくてもいいだとか、日本でよく使われるローカルルールとは大小様々な違いがあるのだ。

「なるほど、アプリなら世界標準なのは当たり前ですよね」

「そ、そういうことよ！」

そう言いつつ札をまとめる渡瀬《わたらせ》さん。ぶつくさと不満を口にする姿に、ミオさんが不意に口を開いた。

「……みかちゃんって昔からそうだよね。自分の至らないところは絶対に認めない。それは勝手だけど、善意で付き合ってくれてる松友《まつとも》さんに当たり散らすのはやめて」

「……へえ、言うようになったじゃない」

「そのために呼んだからね」

「いいんじゃないの？　そうやって他人に恨まれる経験を積みなさいよ、今からでも遅くないわよ？　赤の五から」

「赤の六」

「パス。……まるで自分が私のせいで恨まれてたみたいな言い方だね」

「そう言ってるのよ。スキップ」

「パス」

「私が神経すり減らして人間関係のバランスとってたのに、あんたはかんたんにブチ壊すじゃない。勉強だってしてるのかしてないのか分からないのにテストの点は私よりよくて……よくそれで裏切られましたーなんて顔ができるわね」

「守ってくれてたのは知ってる。感謝もしてる。だからって許せることと許せないことがあるの！」

「許せる許せないで言えば私だって許せないことの十や二十あるわよ！　パス！」

一気に噴き出した二十年ぶんの不満をぶつけ合う。大人になるにつれ、こうして正面から言い合うことなどめっきり減ってしまった。

人との関わりを避けてきたミオさんはもちろん、地域社会のコミュニティでバランスをとって生きてきた渡瀬さんにとっても、もしかしたら小学校以来かもしれない。その時の

相手も今と同じだったのなら、それには何か意味がある。

「緑の三。ウ」

「緑の四！　はい今ウノって言ってない！」

「せこい手を使ってんじゃないわよ！　昔は泣き落としで今は騙《だま》し討《う》ちが得意なのかしら!?」

「ルールはルール！　ちょっと気に食わないと拗《す》ねるのも全然変わってない！」

不満の内容に、だいぶウノの比率が大きい気がするけれども。

「あがりです」

「ちょっと!?」

「すみません、負けられなくて……」

「謝られると余計に腹立つわね……！　次！」

勝敗としては俺の全勝で、ミオさんと渡瀬さんが二位三位になったのは同数くらいだろうか。

今回ビリの渡瀬さんがカードを集めて配り始めるが、そもそもこれは会話がすぐには進まないとみて始めたウノだ。こうして互いの胸の内をさらけ出せる今ならもう不要なのではないだろうか。

「あの、ウノはもういらないんじゃないですか？　俺はもう引き上げるので、あとは二人でゆっくり話せば」

席を立とうとした俺の腕を、ミオさんの小さな手ががっしと摑《つか》んだ。その目にはいつにないほどの火が宿っている……ように見える。

「それはそれ、これはこれ！　全勝で勝ち逃げされてスッキリするわけない！」

「癪《しゃく》だけどミオの言う通りよ。というかそんなの当たり前じゃない。マツモトさん、あなた本当にウノやったことあるの？」

「あるからこうして渡瀬さんにも勝っているんですけどね……」

「……今は石島《いしじま》」

だがこうやって延々と続けたところで結果が変わるとも思えない。所詮はカード運も絡むゲームだから試行回数が増えればミオさんか渡瀬さんが勝つこともあるだろうが……。

その一回で二人が納得するだろうか。いやしない。

「前にもこんなパターンあった気がする」

ふと。スマホが震えたのに気がついた。画面に現れたのはチャットのメッセージ。

そこに映し出された元同僚の名前に、俺は天の助けを見た。

◆◆◆

「お邪魔します、ミオさん、松友先輩。大晦日の代休を取得しろと急に言われてしまい……お客さんですか？」

「おーっす。前に話したカレー屋あるやん？　あそこがテイクアウト専門になっとって、なんか『これからテイクアウトが流行《はや》る気がする』とか言うんやけど新装開店サービスでえらい量のラッキョウをもろたんでおすそ分けに……どちらさん？」

やってきた元後輩と元同僚は、室内の様子を見て固まっている。無理もあるまい。ミオさんが見慣れない人間とにらみ合うともそっぽを向くとも言い難い微妙な角度をしているのだから。

「マッツー、もしかして取り込み中やった？」

「ああ、めちゃくちゃ取り込んでる」

「早乙女《さおとめ》さんと見知らぬ主婦がウノしとるように見えるっちゃけど」

「あれがあーちゃんを盗んだ渡瀬さんだ」

「あれが!?」

「とにかく色々あって、今はウノしながら全てを清算しようとしてる」

「なして……？　てかオレらいていいん？」

「むしろいてくれ。本当に頼む」

「まさかとは思うがマッツー、いつもの状況ってやつ？」

「もはやいつもので通じるんだな。そうだ。勝敗が動かないから新要素になってくれ」

「村崎《むらさき》、今日は日取りが悪そうやからお暇《いとま》しようか。……あかん、もうテーブルについとる。ゲームやる目になっとる」

帰りたいと言いつつなんだかんだで付き合ってくれるから土屋《つちや》に来てもらったのである。

一方の村崎はといえば、土屋の言葉通りすでにテーブルでスタンバイ済みである。

いつも無表情な村崎だが、今日は一段と凍《い》てつく波動を放っている。渡瀬さんに向ける表情がいつも以上に硬く見えるのも気のせいではなさそうだ。

「はじめまして、村崎です」

「これはこれはご丁寧に。石島です」

「あーちゃん……あそこに置いてある、白いキツネのぬいぐるみを保管していたのは貴方《あなた》だと伺いました」

部屋の隅を視線で指した村崎に、渡瀬さんも目を向けてみてピクリと震えた。

「……ああ、あれ。よく似たぬいぐるみがあると思ってたけど、本当に実物だったのね」

「私が修繕用の型紙を作りました」

「あら器用」

「あんな惨《むご》い姿になったぬいぐるみは初めてでした。私はぬいぐるみを粗末にする人とは馴《な》れ合いません。一人のぬいぐるみ好きとして、そして何より妹として、ミオさんに助太刀させていただきます」

「ふん、子供の玩具《おもちゃ》に夢中になるなんて……妹？」

「妹ですが、何か」

「ちょっとミオ、あなたの親御さんが離婚されたり再婚されたりしたのは聞いてるけど、生き別れの妹までいたの……!?」

「義妹だから」

「ああ、再婚の連れ子ってこと？　いや、名字が違うわね。村崎さん、ご結婚はされてる？　それか失礼だけどご両親が複雑な事情だったり？」

「私は未婚ですし、うちの親は二十五年間ずっと夫婦円満です」

「マツモトさん、それかそっちのお兄さんでもいいから誰か説明して。私の理解が追いつかない」

今どき桃園の誓いを交わす人などそういないから、渡瀬さんが戸惑うのも無理はあるまい。むしろ俺と土屋もよく分かっていないまである。

「まあ、説明はウノしながらゆっくりと」

「……一気に説明されても頭が痛くなりそうだからそれでいいわ。それで、そっちのお兄さんも参加するの？」

「土屋です。なして毎回こうなるとや……！」

この空気で帰れはしないと腹を括《くく》った土屋とともにテーブルにつき、俺はカードの束を手にとった。

「てか、村崎は早乙女さんに付くんか？」

「当然です」

「やったらオレも早乙女さんに味方せんとバランスがとれんな……」

「いや、どういう計算よ」

たしかに戦力バランスをとるというのなら村崎と土屋を両方入れてもトントンと言えるかどうか。いや、そもそも協力プレイができるゲームではないのだが、それでも人数的にはミオさんサイドに固まってしまっているわけで。

「マツモトさんは……容赦なくどっちも潰しにかかるんでしょうね」

「人をまるでサディストみたいに。あと俺は松友《まつとも》です」

「ま、アウェイなのは分かりきっていたことだし？　いいんじゃないの、昔の意趣返しで私を孤立させて楽しめば」

自虐的にそう言う渡瀬《わたらせ》さんも、始まってみればこのチーム分けが妥当なものだと分かってくれるだろう。とはいえやはり三対一というのは見た目によろしくないわけで。

それを重く見たか、ミオさんがおもむろに右手を挙げた。

「じゃあ私がみかちゃん側について二対二にしよう」

「バカなの？」

「不公平よくない」

「バカよね、知ってたわ」

かくして、ミオさんと渡瀬さんの因縁を清算すべく、ミオさん・渡瀬さんチームｖｓ土屋・村崎チームｖｓ俺の対決が始まった。

「これもう何の意味があるんですかね」

「もうなんでもいいから始めて。勝てばいいだけの話よ」

「そうだよ松友さん。とにかく勝負をしないと始まらないんだよ」

疑問は尽きないが、雇い主とその相方に迫られては仕方あるまい。

「では」

カードを切って配り終わり、全員を見渡す。

土屋に村崎、渡瀬さん、そして何よりミオさん。俺にとって人生を変えただろうこの半年間において、良くも悪くも欠かせなかった人たちがここにいる。

状況は正直言ってわけが分からないが……。ゆっくり考えればいいだろう。時間はこれからたくさんあるのだから。

「さあ、ゲームを始めよう！」

季節はめぐる。

ハゲカッコウ起因のトラブルに見舞われた怒濤《どとう》の年末と、福岡でひたすらゲームし続けた年始から時はたちまちに流れ、三月に入ったと思えばあっという間の年度末が近づいてくる。事務所には今日もオレに村崎、大山《おおやま》さんにハゲカッコウといういつメンが集合していた。

「して村崎、お前にももうすぐ後輩ができるかもしれん」

「先輩」

「ウチの会社は新人研修とかほとんど無いけんな。入社してすぐに実地で指導せんといかんのは知っての通りや。どんな新人が来るかも分からん以上、こっちも身構えておかんと対応しきれん」

「土屋先輩」

「せやから去年のオレとマッツーの経験を元に、二年続けて超大型個性派新人がやってきた場合にも備えた対策を……」

「この高そうなハンドクリームはなんですか土屋先輩」

そう尋ねる村崎の手には、今しがたオレが渡したばかりの小洒落《こじゃれ》た紙袋が握られている。中身はマッツーのお姉さんであるところの千裕《ちひろ》さんに教わったハンドクリームだ。

「これ前に言ったか分からんっちゃけど」

「はい」

「オレ、バレンタインデーって好かんのよ」

「もらえないからですか？」

「ちゃう。それは二割くらいでしかなか」

「二割はあるんですね。では残りの八割は」

「女から、ってのがあかん」

　男女平等だとかそういうのは分かるが、誰がなんと言おうが惚《ほ》れたなら男から動くべきだというのがオレの持論である。向こうが自分に惚れてそうでもこっちから動くのが男気というものだ。

「みんなそうしろとは言わん。言わんが、オレ個人としてそこは譲れん」

「なるほど。バレンタインデーとホワイトデーは先輩からすれば順序が逆転しているわけですね」

「そういうことや。やっぱり仕掛けるなら自分からよ」

　バレンタインデーに女から仕掛けて、ホワイトデーに男が返す。これがどうにも肌に合わないのだ。

「それでは先輩、この高級感あるハンドクリームと今日がホワイトデーであることには関係が無いということですか」

「うん？」

「バレンタインデーとホワイトデーの文化がお嫌いなら、こんな高そうなものを用意されるのは不自然では」

「そうなるか？　いや、言われてみればそうなるか……」

「てっきり、先輩がホワイトデーだからと選んでくださったものかと……。すみません、早とちりしました」

そう、今日は三月十四日。ホワイトデー。バレンタインデーのお返しを用意する日。

バレンタインデーに村崎がレア物らしいチョコメロンパンをくれたので、そのお返しとして用意したものだが。

三倍返しどころじゃない金額に、それなりの意図を込めたつもりではあったが。

「……もうすぐ新人が来るかもしれんからな」

「さっきおっしゃってましたが、一体どんな関係が」

「新人が一番よく見るのは先輩の手元やからな。キレイな手でちょっといい匂いとかしたら、それはもう指導も捗《はかど》る捗る捗りんぐ」

と、千裕さんが言っていた。

「なるほど、それは気づきませんでした。ホワイトデーなんかで浮かれている場合ではないということですね」

「……そういうことよ」

「ありがとうございます。大切に使います」

「おう」

向かいの席に座った大山さんが「そこはもう一押しだろぉぉぉ……！」と呟《つぶや》いた気がした。

◆◆◆

「……とまあ、土屋はこんな感じらしい」

『まだくっついとらんの、あの二人』

「裕夏《ゆうか》から見てもくっつきそうか？」

『なんでそう思わんの……？』

「ちなみに土屋が福岡に来た時に話してたハゲの課長だが、茶髪のヅラでもいよいよごまかせなくなってきたらしい。今ではハゲカッコウ改めチャバネ改めバーコードウに」

『もうただのバーコードやん。それはどうでんよかか』

スマホから裕夏の心底どうでもよさそうな声がする。

買い物帰り、裕夏から通話があり近況を聞かれたので簡単に説明しているところだ。まもなく高校三年生になろうという末妹の声は少しは大人びたようなそうでもないような、なんとも微妙な塩梅《あんばい》である。

「他人の色恋より、自分の進路の方はどうなんだ？　大学の入学金くらいは出してやるが私立や専門学校だったら学費のことも考えないと」

『東京の大学ば行く』

即答だった。どこ大学ではなく土地で指定してくる辺りに不安しかない。

「別に東京だからどうってわけじゃないんだぞ。ちゃんと考えてるのか？」

『ウチ気づいたんよ』

「何にだ」

『兄ちゃんと早乙女《さおとめ》さん、どうせそのうち同じ部屋に住むやろ。たぶん早乙女さんち』

「…………」

『空いた兄ちゃんちにウチが住みたい』

「…………」

『家賃はちょっと高かろうけど、家具家電を買わんでいいし、ご飯とかもお隣同士やから協力できれば安く上がるやろうし、っていうかウチもあの綺麗《きれい》なマンション住みたい』

「…………」

『ちゃんとバイトと奨学金は……ちょい兄ちゃん、なんで黙っとるの』

「……した」

『は？』

「同じ部屋に住むのなら、もう試した」

『遅すぎる気がするけど進展しとった。で、どうなったん』

今後ずっといっしょにいるのなら、いっそ生計を同一にした方が税金なんかでも有利。俺もミオさんもそれに気づかないわけがない。

なので同一生計の基本である同世帯になるべく、ミオさんの家で寝泊まりするようにした。もともと一日の大半を過ごしていたし、半ば物置としてしか使っていない部屋が一部屋あるのでスペースには困らなかった……のだが。

「お互い意識しすぎて無理だった」

『純か!!』

「やめろ」

特にミオさんの睡眠時間が犠牲になりすぎた。結果として、俺とミオさんは今も六〇五号室と六〇三号室に住んでいる。

「本気で東京に来るなら、住むところは自分で探せ。手伝ってやるから」

『ウチの将来設計……』

「ミオさんに借りたお金も少しずつ返すんだぞ。じゃあ、そろそろマンションに着くからまた今度な。千裕姉やじいちゃんばあちゃんにもよろしくな」

『姉ちゃんが婚活パーティから帰ってきたら言っとくー』

「千裕姉、真面目に婚活してたのか」

『女性はお酒が安い会もあるんやって』

「んなこったろうと思ったよ」

『兄ちゃんも早乙女さんと未華子《みかこ》さんによろしくー』

「ああ。じゃあ勉強がんばれよ」

通話を切り、そういえば、と思い出す。

渡瀬《わたらせ》さんといえば、最近在宅ワークを始めたらしい。どういう心境の変化か聞いてみたところ、ミオさんに労働の苦しみで負けたくないからだという。主婦とキャリアウーマンという別ジャンルの住人なのにあらゆる面で張り合うものだから、最近はミオさんの方も料理に挑戦しだしたりでいろいろ大変だ。

「でも、新しいことを始めるのはいいことだよな」

エレベーターで上がり、いつもの六階へ。自分の部屋に荷物を置き、必要な食材や日用品をまとめたり自分の家事を済ませておく。

そうするうちに、ミオさんの家で待つ時間が近づいてきた。片道二メートルの通勤ももう慣れたもの。いつも通りにドアを開けたところで、ふと廊下に人影が見えて俺は足を止めた。

「あれ、今日は早かったんですね」

「ちょうど仕事のキリがよかったの」

以前のような、今日こそは俺が待っていないんじゃないか、と気が気でない様子はもう無い。マンションの廊下を吹き抜ける春風を楽しむように、俺の雇い主はひらひらと手を振り微笑《ほほえ》む。

「ただいま、松友《まつとも》さん！」

彼女が帰ってきたこの時が、俺の仕事の時間。一日一回、一言を言うだけの奇妙な雇用契約は、これからも延長されてゆく。

今までいろんなことがあったし、この先も楽しいこと悲しいこと嬉《うれ》しいこと悩ましいこと、たくさんたくさんあるのだろう。未来は誰にも分からないし、分かろうなんて思わない。今の俺に言えるのはたったひとつ。

「おかえりなさい、ミオさん」

このお仕事は、とても楽しい。

完

あとがき

まずは本書をお手にとってくださったことに御礼申し上げます。作者の黄波戸井ショウリです。こう書いて『きわどいしょうり』と読みます。

こうして三巻でお会いできたこと、心より嬉《うれ》しく思います。野地先生作画のコミカライズもご好評いただいているようで感謝の言葉もございません。

今巻をもちまして『月50万のお姉さん』ことミオさんと松友さんの物語はひとつの区切りを迎えました。本編後もミオさんと松友さんはお隣さん同士で、でも何年かしてふと見に行ったら何か進展しているんじゃないかなーと思います。土屋さんはいずれビッグドリームを抱いて転職か、もしかしたら起業するでしょうし、村崎さんはしれっとそれにくっついていく……という素振りを見せる前に、「男なら『オレについてこい』と言うべき」という土屋さんの意地で連れ出されるでしょう。あるいは今の会社で仲良く机を並べ続けるかもしれません。正直に言って、土屋村崎コンビは作者である私の意向をまったく聞いてくれないので書いてみないと分からなかったりします。

その辺の物語を書く機会に恵まれるかは分かりませんが、もしあれば読んでいただけると幸いです。不定期にはなりますが本作の母港である『小説家になろう』様でも、サイドエピソードや別のルートの物語も進めていく所存です。たまーに覗《のぞ》いていただけたならこれほど嬉しいことはありません。

一巻発売から一年半、Web版投稿からだと実に二年半が経《た》ちました。デビュー作で右も左も分からない中、こうして三冊もの本を刊行させていただけたのはひとえに読者の皆様のおかげです。本当にありがとうございます。

また、担当編集のY様、アサヒナヒカゲ先生、野地貴日先生、および全ての関係者の皆様へ。至らぬところの多い私の作品をともに盛り上げ、支え、作り上げてくださり本当にありがとうございます。今後とも、末永くお付き合いのほどよろしくお願い致します。

この本を読んだ誰かの人生が、たとえ雨粒一滴ほどでも潤ってくれることを祈って筆を置きます。これからも黄波戸井ショウリとその作品への応援をよろしくお願い致します。

ここで少し宣伝を。同じくオーバーラップ文庫より、新作ファンタジー『技巧貸与《スキル・レンダー》のとりかえし　～トイチって最初に言ったよな?～』も発売中です。お金でなくスキルを暴利で貸し、容赦なく取り立てて最強になる主人公のお話です。編集部でも「どえらい路線変更したな……」ともっぱらの評判だそうですので、そちらもお読みいただけたなら本当に幸いです。

最後に、今回も感想ください！　このあとの宛先でお手紙もお待ちしております!!

コミカライズ
好評連載中!!
CHECK!!
月50万もらっても生き甲斐のない
隣のお姉さんに30万で雇われて
おかえりっていうお仕事が楽しい
[漫画]
野地貴日
[原作]
黄波戸井ショウリ
[原作イラスト]
アサヒナヒカゲ
IT'S MY WORK THAT
I SAY TO HER, "OKAERI"
連載はこちら
COMIC GARDO
コミックガルド
毎週金曜日12時更新
オーバーラップ発 WEBコミック誌
https://comic-gardo.com/

作品のご感想、ファンレターをお待ちしています

あて先
〒141-0031
東京都品川区西五反田 8-1-5 五反田光和ビル4階
オーバーラップ文庫編集部
「黄波戸井ショウリ」先生係／「アサヒナヒカゲ」先生係

OVERLAP

月50万もらっても生き甲斐のない隣のお姉さんに
30万で雇われて「おかえり」って言うお仕事が楽しい 3

発　　行　2021年10月25日　初版第一刷発行

著　　者　黄波戸井ショウリ
発 行 者　永田勝治
発 行 所　株式会社オーバーラップ
〒141-0031　東京都品川区西五反田 8-1-5
校正・DTP　株式会社鷗来堂
印刷・製本　大日本印刷株式会社

Printed in Japan　ISBN 978-4-8240-0019-4 C0193

オーバーラップ文庫
今日から彼女ですけど、なにか？
KYOKARA KANOJO DESUKEDO NANIKA?
第7回
オーバーラップ
文庫大賞
銀賞
卒業するために、
私の恋人になってくれませんか？
卒業条件は恋人を作ること――少子化対策のため設立されたこの高校で、訳あって青偉春太には恋人がいない。このままいけば退学の危機迫る中、下された救済措置は同じく落第しかけの美少女JK・黄志薫と疑似カップルを演じることで!?
著 満屋ランド イラスト 塩かずのこ
シリーズ好評発売中!!

オーバーラップ文庫
陰キャラ教師、高宮先生は静かに過ごしたいだけなのにJKたちが許してくれない。
ひねくれ陰キャラ教師と
青春JKが綴る、残念系ラブコメ!?
2年目にしてはじめてクラス担任を持つことになった、陰キャラ＆ひねくれ教師・高宮統道。静かな教師生活を望む高宮だが、クラスの正義感の強い女子・最上千裕と、模範的な不良・神原紗月のいざこざを解決するため、奮闘することになり……？
著 明乃鐘　イラスト alracoco
シリーズ好評発売中!!

オーバーラップ文庫
主人公にはなれない僕らの
妥協から始める
恋人生活
We can't be the protagonists, we start our lives as lovers from compromise.
"冗談"から始まった
"本気"の恋!?
学校で一番の美人に片思いしている高校生・朝井秀侑は、ひょんなことから同じ図書委員のぼっち女子・楠木乃菜と付き合うことに!?　恋人「らしい」生活を求めてルールを定めた二人だが、その恋人生活は意外に楽しくて——!?
著 鴨野うどん　イラスト かふか
好評発売中!!

オーバーラップ文庫
駅徒歩7分
1DK。
JD、JK
付き。
面倒な家事も、些細なイベントも、
女子大生と女子高生が一緒だと
ちょっと楽しい。
ひょんなことから女子大生の詩織、女子高生の彩乃と同居生活を送ることになった、
サラリーマンの谷川陽史。一緒に夕食、一緒に買い物、一緒に家事。時にはエッチな
ハプニングに巻き込まれながらも、一緒に過ごす日常はとても楽しくて刺激的で……？
著 書店ゾンビ イラスト ユズハ
シリーズ好評発売中!!

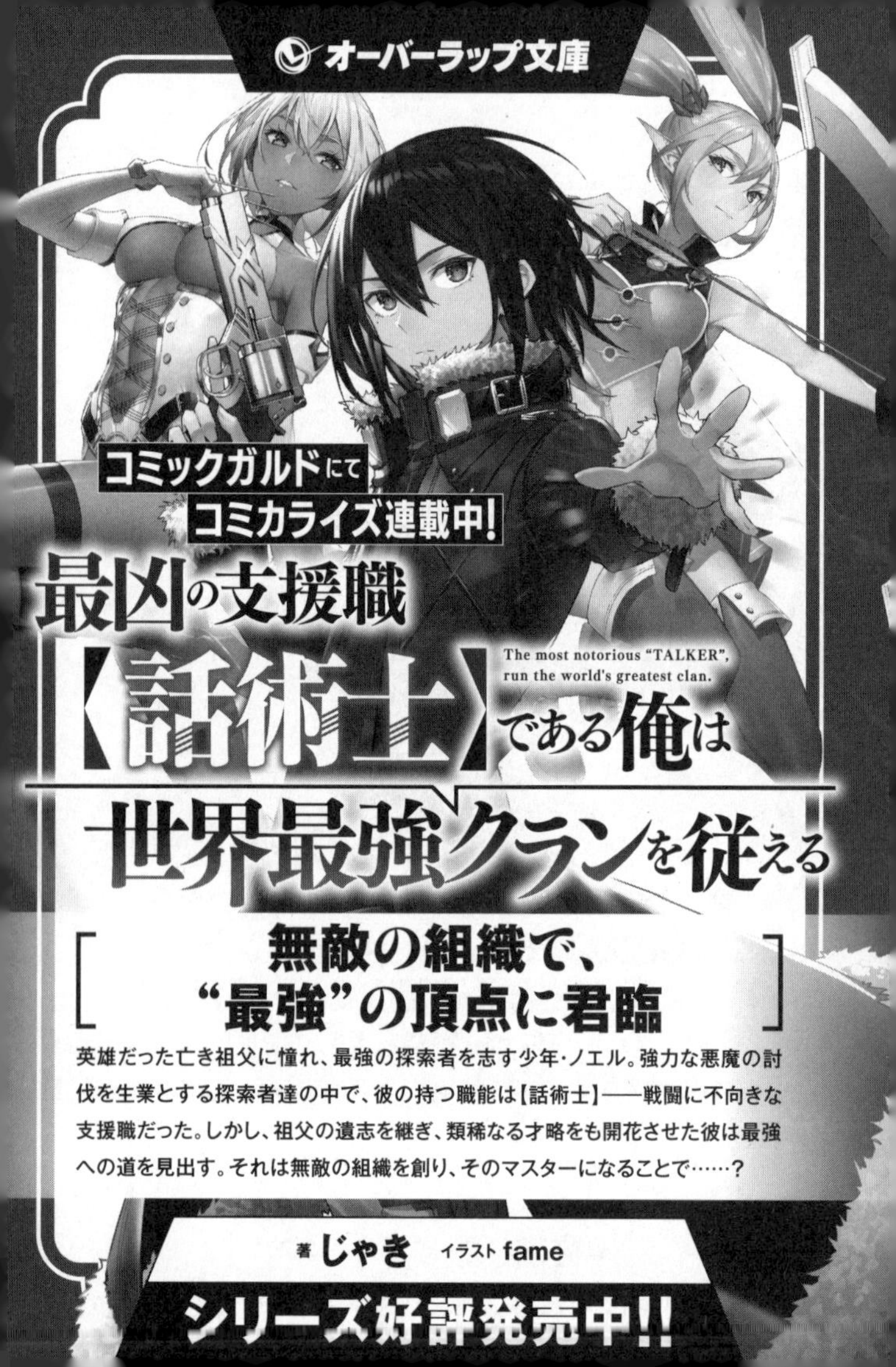
オーバーラップ文庫
コミックガルドにて
コミカライズ連載中!
最凶の支援職【話術士】である俺は世界最強クランを従える
The most notorious "TALKER", run the world's greatest clan.
[無敵の組織で、“最強”の頂点に君臨]
英雄だった亡き祖父に憧れ、最強の探索者を志す少年・ノエル。強力な悪魔の討伐を生業とする探索者達の中で、彼の持つ職能は【話術士】——戦闘に不向きな支援職だった。しかし、祖父の遺志を継ぎ、類稀なる才略をも開花させた彼は最強への道を見出す。それは無敵の組織を創り、そのマスターになることで……?
著 じゃき　イラスト fame
シリーズ好評発売中!!

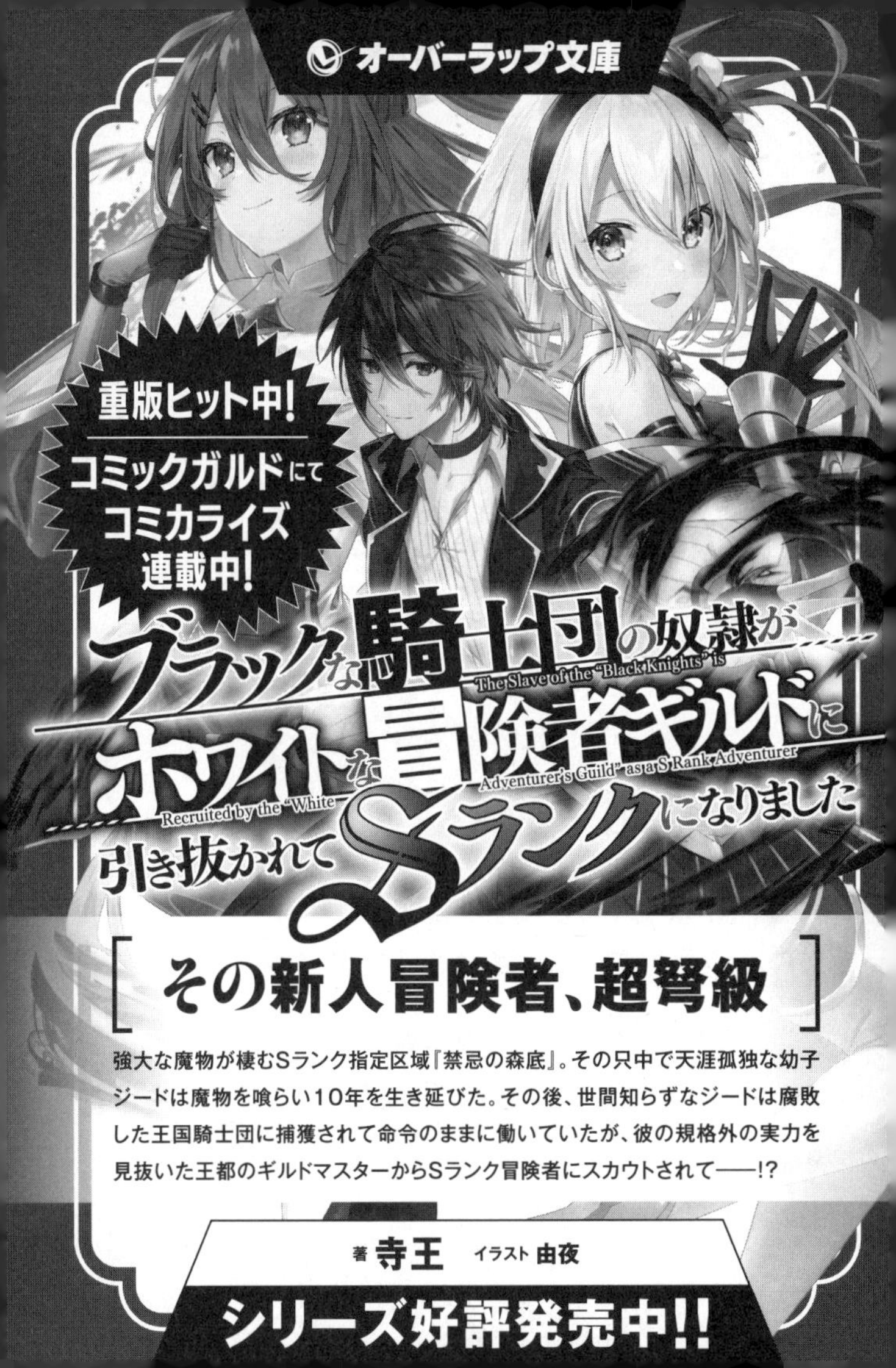
オーバーラップ文庫
重版ヒット中!
コミックガルドにて
コミカライズ
連載中!
ブラックな騎士団の奴隷がホワイトな冒険者ギルドに引き抜かれてSランクになりました
The Slave of the "Black Knights" is Recruited by the "White Adventurer's Guild" as a S Rank Adventurer
[その新人冒険者、超弩級]
強大な魔物が棲むSランク指定区域『禁忌の森底』。その只中で天涯孤独な幼子ジードは魔物を喰らい10年を生き延びた。その後、世間知らずなジードは腐敗した王国騎士団に捕獲されて命令のままに働いていたが、彼の規格外の実力を見抜いた王都のギルドマスターからSランク冒険者にスカウトされて——!?
著 寺王 イラスト 由夜
シリーズ好評発売中!!

オーバーラップ文庫
D級冒険者の俺、なぜか勇者パーティーに勧誘されたあげく、王女につきまとわれてる
この冒険者、怠惰なのに強すぎて——S級美少女たちがほっとかない!?
勇者を目指すジレイの目標は『ぐうたらな生活』。しかし、勇者になって魔王を倒しても楽はできないと知ったジレイは即座に隠遁を試みる。だが、勇者を目指していた頃に出会い、知らず救っていた少女達がジレイを放っておくハズもなく——!?
著 白青虎猫 イラスト りいちゅ
シリーズ好評発売中!!

オーバーラップ文庫
COMIC GARDO
コミックガルド
にて
コミカライズ!
第6回オーバーラップ
WEB小説大賞
【大賞】受賞!!
黒鳶の聖者
～追放された回復術士は、有り余る魔力で闇魔法を極める～
[──今日が主役《おれ》の、始まりの日だ]
回復魔法のエキスパートである【聖者】のラセルは、幼馴染みと共にパーティーを組んでいた。しかし、メンバー全員が回復魔法を覚えてしまった結果、ラセルは追放されてしまう。失意の中で帰郷した先、ラセルが出会った謎の美女・シビラはラセルに興味を持ち──?
著 まさみティー　イラスト イコモチ
シリーズ好評発売中!!

第9回 オーバーラップ文庫大賞
原稿募集中！
イラスト：KeG
紡げ、魔法のような物語！
【賞金】
大賞…300万円
（3巻刊行確約＋コミカライズ確約）
金賞……100万円
（3巻刊行確約）
銀賞………30万円
（2巻刊行確約）
佳作………10万円
【締め切り】
第1ターン 2021年6月末日
第2ターン 2021年12月末日
各ターンの締め切り後4ヶ月以内に佳作を発表。通期で佳作に選出された作品の中から、「大賞」、「金賞」、「銀賞」を選出します。
投稿はオンラインで！ 結果も評価シートもサイトをチェック！
https://over-lap.co.jp/bunko/award/
〈オーバーラップ文庫大賞オンライン〉
※最新情報および応募詳細については上記サイトをご覧ください。
※紙での応募受付は行っておりません。